講談社文庫

# 刑事弁護人(下)

薬丸 岳

JN166356

講談社

# 刑事弁護人（下）

「そうですか……お忙しいところありがとうございました。失礼いたします」持月凛子《もちづきりんこ》はそう言って受話器を下ろすと溜め息を漏らした。

電話をかけていた福田容子《ふくだようこ》は加納《かのう》がコンビニの他にやっていたバイトについて聞いていないという。その前に加納の同僚であった尾崎吉彦《おざきよしひこ》とネクスターの大隅健太《おおすみけんた》にも連絡したが、同様の答えだった。

「持月先生、お手紙が来ています」

その声に、凛子は電話機から由香里《ゆかり》に顔を向けた。渡された封筒を裏返して首をひねる。

さいたま拘置支所から出されたもので、差出人は『垂水涼香《たるみすずか》』とある。

涼香から手紙をもらったのは初めてだ。三日に一度は接見《せっけん》に行っているから、何か伝えたいことがあればそのときに話せばいいのに。いったいどうしたのだろうか。

妙な胸騒ぎを覚えながら凜子は封筒をやぶり、一枚の便箋を取り出した。

『持月凜子様　突然このような手紙をお送りして申し訳ありません。ご相談したいことがありますので、お時間ができましたらできるだけ早く会いに来ていただけないでしょうか。大変心苦しいお願いですが、持月先生おひとりでお越しいただくことを望んでおります。どうかよろしくお願いいたします。　垂水涼香』

便箋の一文に視線が引き寄せられる。

持月先生おひとりでお越しいただくことを望んでおります――

焦《じ》れた思いで接見室の椅子に座って待っていると、ようやくアクリル板の奥のドアが開いて涼香が入ってきた。伏し目のまま小さく会釈して、向かいに座る。

「手紙をいただいて参りました」

凜子が切り出すと、「ありがとうございます」と涼香が呟《つぶや》いた。どういうわけかこちらと視線を合わせようとしない。

しばらく間を取ったが、涼香は話しだそうとしない。しかたがないのでこちらから口を開く。

「ご相談したいこととは何でしょうか」

凛子の声に反応するように涼香が頭《こうべ》を垂れた。黙っている。

「あの……」

さらに声をかけようとするのと同時に、涼香が口を開いた。

「私の弁護から外れていただけないでしょうか」

涼香を見つめながら、頭の中が真っ白になった。

「……どういうことでしょうか？」

わけがわからないまま、ようやく言葉を絞り出す。涼香は口もとを引き結んだまま何も言わない。

「弁護から外れてほしいとは……あの……いったい……」考えがまとまらずに言葉に詰まる。

「おふたりには今まで大変お世話になったと思っています。ただ、これ以上……信頼することはできないと判断しました」

その言葉が胸に突き刺さる。

「私たちの……どのようなことがご不満なんでしょうか」

今まで涼香の弁護活動に力を注いできたつもりだ。どうして信頼できないと思われたのか理解できない。

「私の言うことを信じてくれないからです」

それまでの弱々しさから打って変わり、鋭い口調だった。こちらを見つめる眼差しも険しい。

「そんなことはありません。私たちは垂水さんのお話を信じて、それに沿った弁護活動を……」

「本当にそうでしょうか？」涼香が訝《いぶか》しそうに言う。

不信感をあらわにした表情に初めて触れて、動揺が胸に広がる。

「もし、そんなふうに感じさせてしまったのなら、申し訳ありません。たしかに垂水さんがお話しされている中で、わからないことや、矛盾に感じるところは、問いただすような言いかたをしてしまったこともあったかもしれません。ただ、それは垂水さんを信じていないからではありません。私たちが矛盾に感じることは必ず検察も公判で突っ込んできますから、きちんと検証しなければならないので」

「持月先生はそうかもしれませんが……でも西《にし》先生は、私の言うことを信じていないでしょう。西先生の目を見てそう感じます。西先生と対面していると、まるで取調室で尋問されているような気持ちになるんです。私を守ろうというよりも、警察や検察とグルになって私を陥れようとしているような……」

涼香の言葉を聞きながら、それまで何度か抱いた危惧が現実のものになってしまったと感じた。たしかに初対面のときから西は、涼香に対して遠慮のないことを言っていた。だが、警察や検察とグルになって陥れようとしているというのは言い過ぎだろう。

「たしかに……西弁護士の言動にデリカシーが欠けているのは、私も認めます。ただ、これだけは言わせてください。西弁護士は警察や検察のように垂水さんを疑っているのではありません。ましてや垂水さんを陥れようなどとはしていません。弁護人として被告人を守るために、垂水さんのおっしゃっていることを精査しているだけだと、私は思います」

真偽を見定めようとする西の強い眼差しを凜子も感じていた。刑事というかつての仕事が影響しているのかもしれない。

「西先生が私を守ろうとしているなんて、とても思えません！」

激しい口調で涼香に言われ、少し身を引いた。

「しかし、前回の公判前整理手続でも垂水さんの意向を汲んで、全面的に争うと西弁護士は主張しました。『私は殺していません』という垂水さんの言葉を信じてい……」

「とにかく！」凜子の言葉を遮《さえぎ》るように涼香が叫んだ。「とにかく信用できないんです。私の弁護から外れてください。お願いします」

そう言って涼香は頭を下げたが、表情は険しいままだ。自分が何を言っても引かないという頑なさがにじんでいる。

「他に……弁護人の当てはあるんでしょうか」

「適当に探します」涼香が首を横に振りながら言う。「私は……私が話すことを信じて弁護してくださるかたなら誰でもいいんです。たとえそれで裁判に負けてしまったとしても……私にとっては、私の話を信じてもらうことが最も大切なんです」

理解できない。裁判に負けるということは、涼香の供述が信用されないということだ。たとえ世間から信じられなかったとしても、弁護人だけが涼香の訴えを信じていればそれでいいということなのか。

「私たちが弁護から外れるとして、ご主人に新しい弁護人を探してもらうんですか」

凜子の言葉に反応したように、それまで険しかった涼香の表情が弱々しいものになった。小さく首を振って顔を伏せる。

「いえ……あの人にはこれ以上迷惑はかけられません。こんなことをお願いするのは筋違いであることは重々承知しておりますが、他の弁護人を紹介していただけないでしょうか」

「垂水さんの言うことを信じてくれるかたを？」

こくりと涼香が頷《うなず》く。

「私は信じていますけど」

凜子が言うと、涼香が顔を上げた。

「私は信じていますよ。それでも垂水さんの弁護から外れたほうがいいですか？」

裁判に負けてもいいという投げやりな心情のまま、他の弁護人に任せたくない。厳しい裁判になるだろうと想像している。公判前整理手続がすでに始まっているこの時期に、涼香が今のような心情のまま他の弁護人が引き継いだら、いい結果は到底望めないのではないか。

自分なら、涼香からの信頼を得ながら、裁判で彼女の訴えを認めさせることができるかもしれない。少なくとも、負け戦を覚悟で裁判に向かわせるようなことはさせない。

事務所のドアを開けると、凜子はまっすぐ自分の席に向かった。椅子に座った瞬間、重い溜め息が漏れる。

「ずいぶんとお疲れのようですね」

その声に、凜子は振り返った。ソファに座った細川《ほそかわ》が心配そうな表情でこちらを見ている。テーブルの上には資料の束が置いてあった。

「いらっしゃったんですね。気づかずに申し訳ありませんでした」

細川がこの時間に事務所にいるのは珍しい。

「垂水さんの件はその後どうですか？」

「それが……」凜子は口を開きかけて、言葉を濁した。

西がいないところで話すべきことではないように思える。

「あの……西さんが戻られましたら三人でお話ししたいことがあるんですが。細川先生は何時頃まで事務所にいらっしゃれますか？」

「西くんは何時頃に戻られるんでしょうね」

「八時頃には戻ると言っていました」

先ほどＬＩＮＥで戻りの時間を確認した。

「今夜の新幹線で仙台に行かなければなりませんが、九時半ぐらいまででしたら大丈夫ですよ」

物音がして、凜子はドアに目を向けた。事務所に入ってくる西を見て近づいていく。

「西さん……細川先生と三人でお話ししたいんですが」

西が怪訝《けげん》そうな表情でそのまま細川の向かいのソファに座る。凜子はとりあえず気を落ち着かせようと給湯室に行き、三人分のコーヒーを淹れてソファに向かった。テーブルにカップを置き、西に並んで細川と向かい合うように座る。

「実は今日……拘置支所にいる垂水さんから手紙をいただきました」

凛子が切り出すと、「手紙、ですか？」と細川が首をひねる。

「相談したいことがあるので、私ひとりで会いに来てほしいという内容でした。さっそく会いにいくと、垂水さんから……」

凛子はそこで言葉を切った。呼吸を整えてからふたたび口を開く。

「自分の弁護から外れてほしいと垂水さんに言われました」

驚いたように細川が目を見開いた。隣の西は眉をひそめてこちらを見つめている。

「それで？」

先を促《うなが》され、細川に視線を戻す。

「自分の言うことを信じてくれないと、垂水さんは私たちに不満を持っていたようです。そんなことはありませんと何とか説得して、私が弁護を続けるのは承諾してもらいましたが、西さんに関しては……」

「解任したいっていうことか」

隣から抑揚のない西の声が聞こえ、そちらを見ないまま凛子は頷いた。

「西さんも垂水さんの言うことを信じていないわけではないと説得しようとしました。弁護人として被告人を守るために、垂水さんの言っていることを精査しているだけです、と。実際に西さんは前回の公判前整理手続で、垂水さんの意向を汲んで全面的に争うと主張しましたとも話しました。それでもやはり……」

「あいつは嫌だと言ったってわけか」西が苦笑するように言う。

「西さんと対面していると、まるで取調室で尋問されているような気持ちになると」

細川がこちらから西のほうを見て肩をすくめる。

もっと辛辣なことも涼香は言っていたが、それは口にしないでおいた。

「困ったことになりましたねえ……」細川が両腕を組んで考え込むように唸《うな》る。

「たとえ裁判に負けたとしても、自分の話を信じて弁護してくれることが最も大切だというようなことを垂水さんはおっしゃいました」

その言葉に反応したように、細川が組んでいた腕を解《ほど》いてこちらに少し身を乗り出してくる。

「たとえ裁判に負けたとしても……と、垂水さんは言ったんですか？」

「ええ。垂水さんと接見した後、ご主人に会ってそれらのことを伝えました。ご主人は、西さんを解任するのは賛成できないという意見でした。口にはしませんでしたが、私ひとりで弁護することに不安なようです」

「そうですか……西くんはどう思われますか？」細川が西のほうを向いて訊《き》く。

「どう思うも何も……」わからないと西が首を横に振る。「ひとつだけ言えるとしたら、今まで彼女がしてきた供述をそのまま公判で主張しても、裁判官や裁判員の同意を得るのは難しいだろうということです。彼女の供述で事実だと確認できたものもあ

ります が、あきらかに合理的な説明がつかないものも残っていますから」

たしかにそうだ。

「ふたりで弁護できる道を探ったほうがよさそうだと、私は思いますね」

その声に、凜子は細川に目を向けた。凜子と西を交互に見ながら微笑みを浮かべている。

「持月さんひとりでこの事件を担当するのは相当荷が重いと思います。かといって、西くんの代わりの弁護人に加わってもらったとしても、垂水さんに供述の信用性を問うようなことを言えば、同じように解任されるのではないでしょうか」

自分もそう思うと、凜子は頷いた。

「西くんと一緒に接見して説得を試みてはどうでしょうか」細川が西に視線を移す。

「依頼人から不信感を持たれないよう西くんも気をつけてください」

「あの……とりあえず私ひとりで行って説得しようと思うのですが」

西に対する激しい拒絶の姿勢を思い返すと、そのほうがいいように思う。

「西くんはどうですか？」

細川に訊かれ、「しかるべく」と西が答える。

# 26

アクリル板の奥のドアが開き、涼香が入ってきた。こちらと目を合わせないまま目の前に座る。

「昨日の件でお話があって参りました」

さっそく持月凛子は切り出したが、涼香はうつむいたまま何も言わない。

「ご主人にお会いして、西弁護士の解任の件でお話ししました。ご主人は解任を望んでいらっしゃいませんでした。私ひとりで殺人事件の弁護をすることに不安を抱いているようです」

「そうですか……」感情を窺わせない淡白な声が聞こえた。

「事務所に戻ってからも所長を交えていろいろと協議しました。代わりの弁護人を捜すとしても簡単ではありませんし、また仮に見つかったとしてもその人が垂水さんの意向に沿うかたかどうかもわかりません。垂水さんに対して万全の弁護を考えるなら、やはり西弁護士は抜けるべきではないという結論になりました。どうか考え直していただけないでしょうか」

凛子が頭を下げると、溜め息の音が漏れ聞こえた。顔を上げてすぐに口を開く。

「垂水さんに不信感を抱かせてしまったことを、西弁護士も反省しておりました。これからはそのような言動がないよう気をつけると言っています。昨日は私ひとりでも何とか垂水さんの弁護を続けたいと思っていましたが、冷静になって考えると、それはやはり垂水さんのためにならないと感じます。お話ししたかもしれませんが、私は今回のような大きな刑事事件は今までに扱ったことがありません。公判前整理手続も初めての経験です。西弁護士は少なくとも私よりは刑事弁護の経験が多くあります。どうか……」

「無駄です」

遮るように涼香が言って、ゆっくりと顔を上げた。冷ややかな眼差しで見つめられる。

「私の気持ちは変わりません。今日の午前中に解任届を提出しました」

「解任届というのは……西弁護士のですか？」

衝撃を受けながら問いかけると、表情を変えずに涼香が頷く。

「私の思いを受け入れられないということでしたら、持月先生の解任届も出すつもりです」

次の言葉が見つからない。

「昨日も言いましたが、私は持月先生でなくてもかまいません。もちろんここまで言うのですから、持月先生に代わりの弁護人を紹介してほしいなどとは願いません。自分で何とかします」

「次の弁護人が垂水さんの意向に沿うかただとは限らないと思いますが」凜子はようやく言葉を絞り出した。

「それならばそれでしかたがありません。私は今までと同じ主張をするだけです。それでさじを投げられて適当な弁護をされても、文句は言えません」

涼香の尋常ではない頑なさはいったいどこからくるのだろう。

「どうなさいますか？」少し身を乗り出して涼香が訊いてくる。

「どう……とは？」

「私の弁護を続けてくださいますか？」

こちらをまっすぐ見つめながら問いかけてくるが、すぐには答えられない。

「新しい弁護人に代わって、また一から同じ話をしなければならないのは面倒ですから、私としてはできればこのまま持月先生にお願いしたいと思っています。重い量刑を言い渡されたとしても持月先生を恨むようなことはいっさいありません。ただ、それによって持月先生の経歴に傷がつくというのであれば、辞任されてもやむを得ないでしょう」

「少しだけ考える時間をいただけないでしょうか」

涼香が小さく首をひねる。

「たとえ垂水さんに恨まれなかったとしても、納得のいく弁護ができないまま重い量刑を言い渡されることになれば、経歴ではなく私自身の心に傷をつけることになります。垂水さんがおっしゃる状況で弁護を続けることにためらいはありますが、同時に最後まで弁護をしたいという強い気持ちもあります。少し外の空気を吸って気持ちの整理がしたいです」

「わかりました。私は特に急ぎませんので、ゆっくり考えてください」涼香が立ち上がって奥に入っていく。

凜子は接見室を出て出口に向かった。拘置支所の建物からしばらく歩いたところで、バッグからスマホを取り出して電話をかける。

「もしもし……」

西の声が聞こえた。

「持月です。先ほどまで垂水さんの接見をしていたんですが、今日の午前中に西さんの解任届を提出したそうです」

「知ってる。さっき裁判所から事務所に連絡があった。俺に対して解任届が出されているが、受理して大丈夫なのかと」

「それで、何と……」

「おまえの話を聞いてから判断しようと、折り返し連絡すると伝えた」

「西さんの解任を受け入れられないなら、私も解任すると言われました」

重い溜め息が耳もとに響く。

「おまえはどうしたいんだ？」すぐに西が訊いてくる。

「弁護を続けたいです。私ひとりであっても……」

一度受けた依頼を投げ出したくないという思いもある。だがそれ以上に、涼香の尋常ではない頑なさの正体を知りたい。自身の裁判の結果よりも大切にしようとしているものはいったい何なのか。涼香はいったい何を守ろうとしているのか。

それをどうしても知りたい。いや、知らなければならない気がした。

「わかった」

電話が切れると凜子はスマホをバッグにしまい、ふたたび拘置支所の建物に向かった。

27

「それでは、よろしくお願いします」

受話器を下ろして振り返ると、自分の席に座っていた西と目が合った。「どうだった？」と目で訴えかけてくる。

「検討してくださるとのことです」

西が弁護人を解任されたことで、次回の公判前整理手続の開催日時を延期してもらいたいと裁判所に連絡していた。ただ、延期の理由と必要な準備期間を記載した期日変更申請書を提出し、さらに検察の意見を求めたうえで、裁判所が延期の可否を判断して決定することになるそうだ。

西が立ち上がってこちらに向かってくる。持っていた紙切れを机の上に置いた。タウンページを一枚やぶったもので、便利屋の項目に出ていた会社名のすべてに赤いペンで×印がつけられている。

「全滅だ。加納怜治《れいじ》さんという人物を雇ったことはないそうだ」

「そうですか……」溜め息を漏らしながら持月凜子は紙切れをつかみ、そのままごみ箱に捨てた。

「もっとも、半分ぐらいはまともに話を聞かないまま、面倒くさそうに答えられて電話を切られたけどな。とりあえず、これで俺は垂水さんの件から手を引く。あとはよろしく」

素っ気ない西の言葉を聞いて、急に心細くなった。

そんな凜子の心情に気づかないように、西はそそくさと自分の席に戻っていく。

涼香の意向を考えるかぎり、共同で受任できる他の弁護人がすぐに見つかるとは思えない。下手をすると、これからずっと凛子ひとりで涼香の弁護活動をしなければならない。しかも涼香は裁判に負けてもいいと投げやりな態度だ。

そんな状況で自分にまともな弁護ができるだろうか。いや、今からそんな弱気でどうする。まずは自分ができることをやるだけだ。

趣味と実益を兼ねた仕事――

もし、凛子や西が想像するような仕事であったなら、加納の素の人間性を窺い知れる話が聞けるかもしれない。かつて子供たちにしていたような加虐嗜好《しこう》が残っているとすれば、加納が涼香に暴行したという供述の信憑性《しんぴょうせい》も高くなる。

凛子は机に置いていたスマホをバッグに入れ、「ちょっと出かけてきます」と西に声をかけて席を立った。

コンビニに入ると、凛子はレジに目を向けた。レジの前に数人の客が並んでいる。客がいなくなってから訊ねようと、雑誌が置いてある棚に向かった。立ち読みしながら様子を窺っていたら、レジの前から客がいなくなった。レジに立っている若い女性に近づく。

「お忙しいところ申し訳ありません。わたくし、こういう者ですが」そう告げながら

いく。

女性に名刺を差し出す。「店長さんか社員のかたはいらっしゃいますか」

「少々お待ちください」と言って女性がレジから出た。奥のドアを開けて中に入っていく。

しばらくすると女性とともに、五十代と思える眼鏡をかけた男性が出てきた。名刺を見ながら首をひねっている男性がこちらに視線を合わせる。

「店長の辻村《つじむら》ですが。私に何か？」表情を曇らせながら近づいてくる。

「突然、申し訳ありません。以前こちらでアルバイトをしていた加納怜治さんというかたについてお伺いしたいのですが」

凜子の言葉に反応したように、男性がふたたび名刺を見た。すぐにこちらに視線を戻す。

「加納くんのことって、あなたもしかして……」

「加納さんがお亡くなりになられたのはご存じでしょうか」

「ええ……ニュースでは観なかったけど警察のかたが一度来られたので。あなたは被告人の弁護をしてるんですか？」

「ええ。それで被害者の加納さんのことについていくつかお伺いしたいことがあって参りました。お忙しいようでしたら日を改めますが」

「まあ、いいですよ。どうぞ、こちらへ」

店長がドアの奥へと手で促した。この中に事務所があるのだろう。

被告人の弁護をしていると知っても店長はとりたてて嫌な顔を見せず、凜子を事務所に案内する。用意されたパイプ椅子に座るとペットボトルの茶を渡された。

「すみません」

「それで加納くんのどんなことが訊きたいんですか？」店長が机の上に名刺を置き、凜子と向かい合うようにして座る。

「加納さんはどれぐらいここで働いていたんですか」まずは当たり障りのないことから訊いた。

「二〇一二年の二月から二〇一七年の三月まで、だいたい五年ぐらいですね」

警察でも訊かれたことだったらしく即答する。

「二〇一七年の三月に辞めた理由はやはり……」

「窃盗事件を起こして逮捕されたので……どんなにできない従業員でもクビにはしないことを信条にしているんですが、さすがに警察に逮捕されたとなったらそういうわけにもいきませんので」

「加納さんはどのようなアルバイトさんでしたか？」

「まあ、一言で言うとおとなしい……正直なところ仕事もそれほどできるほうではなかったですが、フリーターということでシフトの融通をつけてくれて重宝しました。

他のバイトが急に休んだときなんかも、嫌な顔をせずに穴埋めしてくれましたしね」

「月にどれぐらい稼いでらっしゃったんでしょう」

「夜勤もけっこう入っていたから十八万ぐらいはいってたんじゃないかな」

さらに親から仕送りもあったというから、他に仕事をしなくても充分とも思える額だ。

「窃盗事件を起こしたということは、お金に困っていたんでしょうか」凜子は訊いた。

「彼が普段どんな生活をしていたのかわからないから何とも言えませんけど、事件のことを知ったときには意外に思いましたね。当時彼と仲が良かったバイトの話だと、かなり裕福な家庭だと聞いていましたから」

「ところで……加納さんはここ以外でもアルバイトをしていたそうなんですが、それはご存じでしょうか」

「そうなんですか？」

バイトの話は聞いていないようだ。落胆しているとバッグの中でスマホが振動した。

「出られなくていいんですか」

店長に訊かれたが、「大丈夫です」と会話を続けることにする。

「そういえば……彼も急な用事ができたとかで度々バイトを休むことがあったなあ。もしかしたらそれが他のバイトだったのかもしれませんね。そのバイトのためにうちを休むと言うわけにはいかなくて、私には黙っていたのかも」

「度々というのはどれぐらいの頻度だったんでしょう」

「そのときによって違っていたと思うけど……月に一、二回。多いときで四、五回だったこともあったような。ただ、こちらのわがままを聞いたりしてくれていたから、私も強くは言えなかったけど。それに他のバイトの穴埋めをたくさんしているぶん、誰かしら彼の代わりにシフトに入ってくれて問題はなかったから」

コンビニのバイトよりも優先する用事がどうにも気になる。

「あの……加納さんと一緒に働いていたアルバイトさんはまだいらっしゃるんでしょうか」

凜子が問いかけると、店長が壁に目を向けた。タイムカードを見ているようだ。

「三人いますね。ただ、加納くんと同じシフトに入ったことがあるのはひとりかな」

「そのかたにもぜひお話を伺いたいのですが」

「勝手に連絡先を教えるわけにはいかないから、彼が出勤したら訊いてみますね。今日の夕方からシフトに入ってますから」

「よろしくお願いします。こちらにご連絡いただければ、都合のいいときにまたお伺いします」もう一枚名刺を店長に渡して凜子は立ち上がった。

コンビニを出ると、凜子はスマホを取り出した。『葉山文乃《はやまあやの》』から着信があったので、折り返し電話をかける。

「持月です。電話に出られなくてすみませんでした。どうかされましたか？」文乃が電話に出ると凜子は訊いた。

「いえ、特に用事があったわけではないんですが……あれから垂水さんがどうされているかずっと気になっていまして」

どのように応えていいかわからない。

「ごめんなさい……そんなこと、話しようがないですよね。お忙しいところ本当に申し訳ありませんでした」

今にも電話を切ってしまいそうな早口に、凜子は思わず呼びかけた。

「今日のご予定はいかがですか？」

「仕事は休みなので家におりますが……」

「よろしければこれから会いませんか」

文乃に何か訊きたいことがあったわけではないが、このまま電話を切ったらひとりで悶々とするだろう。

「ええ……私は大丈夫です」

ベルを鳴らすと、すぐにドアが開いて文乃が顔を出した。

「こちらまで来ていただいてすみません。散らかっていますが、どうぞ」と恐縮するように言って中に招き入れる。

「失礼します」と凜子は玄関に入った。すぐ目の前が台所になっていて、壁際に段ボール箱が積み上げられている。その奥にある六畳ほどの部屋に案内されたが、そちらにも十個ほどの段ボール箱が開封されないまま置かれていた。段ボール箱の他にテレビとチェストがあるので、ローテーブルをどかしても布団一枚敷くのがやっとという空間だ。

チェストの上に置いた写真立てに目を留めた。野球帽をかぶった子供の写真だ。おそらく息子の俊太郎《しゅんたろう》の遺影だろう。写真の前にお菓子を載せた皿が置いてある。

「ケーキを買って来たんです。お召し上がりください」

凜子がケーキの箱を差し出すと、「ありがとうございます」と文乃が受け取る。「どうぞ、お座りください」とローテーブルの前のクッションを勧められて座った。

テーブルの上にミニカーが置いてある。俊太郎が遊んでいたものだろう。

盆を持った文乃がやってきて、紅茶を入れたカップとケーキを載せた皿を置いて向かいに座る。

「さっそくいただきます」と文乃がフォークを手にする。

おいしそうにケーキを食べる文乃を見ながら凜子も紅茶に口をつけた。

「こうしていると、あの日のことを思い出します」フォークを持った手を止めて文乃が言った。

「垂水さんがこちらにいらっしゃったときのことですか？」

事件の前日に涼香はケーキを持ってここを訪ねてきたという。

「ええ……またふたりでこうやって過ごせる日が来るといいんですが。垂水さんの体調はいかがですか？　長い間拘禁されたままなので気になって……」

「体調は悪くないようですが……」そこで言葉を濁した。

歯切れの悪い言い方が気になったのか、文乃が表情を曇らせる。すぐに「何かあったんですか？」と前のめりになって訊かれたが、どこまで話すべきか悩んで口を閉ざしたままでいる。

「お話ししていただけませんか。誰にも言いませんので」

文乃にじっと見つめられ、凜子はためらいながら口を開いた。

「実は……西弁護士が垂水さんの担当から外れました」

「他のお仕事が忙しいということですか？」

「いえ、西弁護士の都合ではなくて、垂水さんに解任されたんです」

驚いたように文乃が目を見開き、「どうして?」と訊く。

「垂水さんとしては私たちの弁護活動に不満があったようです。そういうつもりはなかったのですが、自分の供述が信じられていないと感じさせてしまったみたいです。私は引き続き弁護することで納得してもらいましたが……」

「西先生の代わりは見つかったんですか?」

「いえ、残念ながらまだ……。当面は私ひとりで弁護することになります」

「大丈夫なんでしょうか? あ、いえ……持月先生がどうというお話ではなくて、殺人事件の裁判をおひとりでやられることにですが」

「正直なところ、厳しい弁護活動になると思われます。ただ、垂水さんの要望でもありますので」

「垂水さんの要望とは?」

「自分の言うことを信じて弁護してほしいということです。たとえそれで裁判に負けてしまってもかまわないと、垂水さんはおっしゃいました」

「そんな……裁判に負けてもいいだなんて……本当にそんなふうに考えてらっしゃるんですか?」

眉をひそめて文乃に訊かれ、凜子は頷いた。

「垂水さんの供述には弁護人の私からしても、矛盾することや合理的な説明がつかないことがたくさんあります。そのまま彼女の供述を主張しても、裁判官や裁判員に納得されない可能性が高いと思われます。それらのことを話して説得しようとしましたが、垂水さんの思いは頑なで……」

「垂水さんにはまだ会うことができないんでしょうか」

「葉山さんがですか？」

「ええ。うぬぼれかもしれませんが、私が説得すればもしかしたら……」

「残念ですが、いまだに接見禁止が解けておらず、弁護人以外は会うことはできません」

「そうですか……」溜め息を漏らして文乃が顔を伏せる。

「ごめんなさい。気が重くなるようなお話しかできず……」

「いえ、私のほうこそ……そんな大変なときにこんなところまで来させてしまって」

そんな状況だからこそ、ここに来てよかったと感じている。文乃に悩みを打ち明けたことで、わずかではあるが気持ちが楽になった。

文乃がテーブルに置いたミニカーを見つめている。

「俊太郎くんのものですよね？」

凜子が声をかけると、文乃が顔を上げて寂しそうに頷いた。

「引っ越ししてから一年以上経ちますが、つい先日までは思い出の品は段ボールに入れたままでいました。開けても置き場所もありませんし、まだ目にする気持ちにもなれなかったので。ただ、垂水さんのことを考えているうちに、ひさしぶりに見てみたくなって……」

　ふたりで俊太郎の話をよくしていたからだろうか。

「俊太郎はミニカーが好きでよく遊んでいました。本当は最後に持っていた物を手元に置いておきたいんですが、証拠品になっているので」

「ミニカーが、ですか？」

「ええ。目撃情報や防犯カメラの映像から俊太郎と一緒にいた男が特定されました。それで警察が男の部屋を捜索して、同行していた垂水さんがミニカーを発見したんです。指紋で俊太郎が持っていた物と断定されました」

「そうだったんですか。だから垂水さんのことを考えているうちに、ミニカーのことを思い出された？」

　文乃が首を横に振る。

「垂水さんが発見したからということではなくて、以前話していたことを思い出して……垂水さんは響《ひびき》くんが亡くなってからずっと、息子さんの思い出の品をバッグに入れているんだそうです。それを持っていると、どんなに辛くても生きなければならないという気にさせられると言って。それを思い出して私も……」

「響くんの思い出の品も、ミニカーとかですか？」

「いえ、小さな音楽プレーヤーです。大事そうに透明な袋に入れたものを見せてもらったことがあります」

「三歳の響くんがそれを使っていたんですかね？」意外に思って凜子は訊いた。

「響くんの声が録音されてるって言ってました。ビデオを撮る習慣がなかったそうで、息子さんの肉声が唯一残っているものだと」寂しそうに文乃が言ってミニカーに目を向けた。


コンビニに入ると、凜子は店内を巡りながら店長の辻村を捜した。弁当を棚に陳列している辻村に近づき、声をかける。

「ご連絡いただき、ありがとうございます」と頭を下げると、「中にいますんで」と辻村が事務所につながるドアを指さした。

「入ってよろしいんでしょうか」

「どうぞ。しばらく私がフロアに出てますので、中谷《なかたに》くんとゆっくり話してください」

文乃の家を辞去して事務所に戻る途中、辻村からスマホに連絡があった。出勤してきたアルバイトに確認したところ、凜子と話してもいいとのことだった。これから伺ってもいいかという頼みを辻村が了承してくれ、やってきたのだ。

ドアを開けると、机の前に座っていた男性がこちらに顔を向けた。二十代後半に思える細面の男性で、制服の胸もとにつけた名札に『中谷』と書いてある。右手に凜子が辻村に渡した名刺を持っていた。

「弁護士の持月と申します。お話しさせていただけるとのことで、ありがとうございます」

凜子が言うと、「いえ……店長がどうぞって」と中谷が机の上にあったペットボトルのお茶をこちらに差し出す。

微笑みながらペットボトルを受け取り、近くにあったパイプ椅子に座った。せっかくなので、もらったお茶を飲んでから話を切り出す。

「こちらでアルバイトをしていた加納怜治さんのことについてお訊きしたいのですが。加納さんが亡くなられた事件はご存じでしょうか」

その言葉に反応したように、中谷の表情が硬くなった。頷く。

「加納のことで警察が店にやってきたって店長から聞いて……店を辞めてからずいぶんと経ってたから加納のことなんかすっかり忘れてたけど、気になってネットで調べた。ホストクラブの客に殴り殺されたんでしょう？」

「マスコミではそう報じられていますね。私は被告人……加納さんを死なせたとされている女性の弁護を担当しています。それで、被害者の加納さんについてもいろいろと調べておりまして。中谷さんは加納さんと同じシフトで働いたことがあったんですよね？」

「そう。俺は前まで夜勤をメインにやっていて、他のバイトの穴埋めに入った加納と何度か一緒になることがあったね」

「加納さんはどのようなかたでしたか？」

「どのようなかたって言われてもなあ……」返答に困ったように中谷が頭をかく。

「……おとなしいやつで、あまり印象に残ってないよね。仕事明けに何度か一緒に飯を食いに行ったことがあるけど、どんな話をしたのかほとんど覚えてない。唯一覚えてるのは、同じバイトだった豊田《とよだ》とバンドを組んでるっていう話ぐらいかな。とてもバンドのボーカルをやっているようなタイプには思えなかったから、意外過ぎて……。そんな感じのやつだったから、ホストクラブで働いてたってのも信じられなくて。本当にホストクラブで働いてたの？」

「本当です。このコンビニで働いていた頃、加納さんは他のアルバイトもしていたみたいなんですけど、そのような話を聞いたことはありませんか」

凜子が問いかけると、思い出そうとするように中谷が唸った。

「バイトってアレのことかな……」

中谷の呟きに、「思い当たることがあるんですか？」と思わず前のめりになった。

「ファミレスで子供と一緒にいるところを見かけたことがあって、『おまえ、子供がいたのか？』って冗談っぽく訊いたら、『小遣い稼ぎ』って答えてた」

「ベビーシッター……」

「おそらくそうなんじゃない？　今はネットを介して素人でもできるっていうし」

「どこのファミレスですか？」

「所沢のファミレス。駅前デパートの裏の大通り沿いにあるサンディーズ」

加納が住んでいたマンションの近くにある店ではないか。以前行ったときに、そのファミレスを見かけた。

「いくつぐらいのお子さんでしたか」凜子はさらに訊いた。

「どうだろうね……子供と接したことがないからよくわからないけど、おそらく三歳か四歳ぐらいじゃないかな。青っぽいキャップをかぶってズボンを穿いてたから、男の子だったと思うけど」

「いつぐらいの話だったか覚えていますか？」

「たしか……コンビニを辞めてから半年経つか経たないか、ぐらいだったと思う」

加納が起こした窃盗事件の公判は七月だったから、それから二ヵ月ほど経った頃か。

「だけど意味ないよね。いくらもらえるかわからないけど、車借りたら足が出ちゃうでしょう」

「どういうことですか？」

「車で来てたけど、わナンバーのレンタカーだったから。その子を連れて車で去っていったよ」

そういえば、加納が空き巣を働いていたときもレンタカーを借りていたのを思い出す。

西が事務所に戻ってきた。

「……それではよろしくお願いします」

輝久《てるひさ》との電話を切ると、凜子は西のもとに向かった。だるそうに椅子に深くもたれかかって座っていた西がこちらに視線を合わせる。

「加納さんのもうひとつの仕事がわかりました」

凜子が言うと、「何だ？」と跳ね上がるように西が前のめりになる。

「ベビーシッターじゃないかと」

「ベビーシッター？」

凜子は頷き、コンビニに行って加納の元同僚の中谷から聞いた話をした。

加納がレンタカーを使用していたというくだりになり、こちらを見つめていた西が眉根を寄せる。自分と同じ疑念を抱いている様子だ。

「大宅《おおや》先生の話によると、加納さんは運転が未熟だったそうだよな。執行猶予の判決が下ったばかりなのに、大きな事故でも起こして取り消される可能性を考えなかったんだろうか」

西の言葉に、「そうですよね」と凜子は頷く。

「小さな男の子と一緒にいたこともそうなんですけど、私もそんな時期に加納さんがレンタカーを借りたというのがさらに気になって」

「子供を預からなければならないなら、自分の部屋で面倒を見ればいいよな。それとも車で行かなければならないところでもあったのか……」西がひとり言のように呟く。

「どこかに行かなければならないなら、電車やバスを使えばいいじゃないですか？わざわざレンタカーを借りて、慣れない運転をしなくても」

「たしかにそうだよなあ……」

「ひとつ……考えたことがあったんですが」

ためらいながら凜子が言うと、西が小首をかしげて見つめてくる。

「昔の悪い癖が出たんじゃないかと」

その言葉でわかったようで、西が目を剝いた。

「子供にわいせつなことをするために車を借りたと？」

「ええ……窃盗事件のときに、加納さんは隣の部屋にリフォーム業者が来てうるさかったからドライブしようと思い立ったと話していましたよね。その話自体は説得力のあるものではなかったですが、壁が薄くて音が漏れやすいというのは事実だったのかもしれません。部屋でそういう行為をして子供に騒がれたら大変だと思って、車の中でしようとしたとは考えられませんか？」

「仮にネットを介して預かったとしても、事件になって警察に捜査されれば加納さんの身元はすぐに特定されるだろう。そこまでリスクを冒して加納さんがそんなことをするかどうかは……」

「でも暴力的なことや、あきらかにわいせつなことをしようとしなければ、という思いでしていたかもしれません。ちょっと子供の身体に触ったり、自分がされている行為の意味を理解できないような小さな子供には、さらにもっと……と」

「しかしネットの仲介サイトとなると、加納さんと接触した人を捜してそのようなことがあったかどうかを調べるのは難しそうだな」

「そうですね。何か方法がないか考えてみますが、明日は垂水さんのお宅に伺ってから接見に行く予定なので」

「ご主人に何か話があるのか？」

「西さんが解任された件もご報告しなければならないですし、お預かりしたい物もあるので」

「お預かりしたい物？」興味を持ったように西が訊く。

「垂水さんが持っていた音楽プレーヤーです。響くんの声が録音されていて、垂水さんはそれを大事にバッグに入れて持ち歩いていたそうです。それを持っていると、どんなに辛くても生きなければならない気にさせられると言っていたそうなので、響くんの声を聴いたら、今の投げやりな気持ちから変わってくれるのではないかと思って。押収品の中にはなかったので、ご主人に家の中を探してもらうようお願いしました」

もしかしたらさらに悲しい気持ちにさせてしまうかもしれないから、涼香の様子を見定めながら、聴かせるかどうかは決めるつもりだ。

「誰からその話を聞いたんだ？」

「葉山さんです。連絡をくださってお会いしてきたんですが、垂水さんの様子をひどく心配されていました」

「相当仲がよかったんだろうな」

「仲がよかった以上に葉山さんにとって垂水さんは特別な存在なのかもしれません。

誘拐事件の家宅捜索のときに、俊太郎くんの遺留品を見つけたのが垂水さんだったということも含めて」

「そうだったのか。遺留品は何だったんだ」

「俊太郎くんが持っていたミニカーです」

「そうか……」西が嘆息《たんそく》した。

## 28

壁掛け時計を見ると、夜の七時を過ぎていた。今は事件を担当していないので、もう帰っていい時間だ。

日向清一郎《ひなたせいいちろう》はバッグを手に取って椅子から立ち上がった。「お疲れ様です」と同僚に言ってドアに向かう。

「日向、ちょっと」

席にいた係長の小出《こいで》に呼び止められ、清一郎はそちらに足を向けた。

「どうしたんですか？」事件発生の報《しら》せかと憂鬱な思いで訊く。

「今日、地検に行ったら廊下で菅原《すがわら》検事とすれ違って、ちょっと話をしたんだが」

どの事件の担当検事だったか、すぐには思い出せない。

「西が解任されたそうだ」

すぐにその言葉の意味が理解できず、小出を見つめながら首をひねった。

「垂水涼香の弁護人だ」

さらに小出に言われ、ようやく言葉の意味を理解する。

「西が解任？　自ら辞めたわけじゃなくて、ですか？」

「そうだ。垂水のほうから西の解任届を出したそうだ」

「それで……西の代わりは？」

「まだ決まっていないらしい。持月という女の弁護人から、西が解任されたことで公判前整理手続の延期を打診されたと」

「そうですか……」それ以上の言葉が出てこない。

「一応、報せておこうと思ってな。お疲れ様」

清一郎は挨拶《あいさつ》すると、釈然としない思いを抱えたまま部屋を出た。

大輔《だいすけ》が自分から弁護人を降りるのであれば理解できなくもない。擁護するに値しない犯罪者だと見限ったのだろう、と思う。もともと犯罪を憎んで警察官になった男だ。だが、垂水のほうから解任したというのはどういうことだろうか。いったい何があったのか。

ドアを開けると、カウンターに三人の客がばらばらに座っている。その中に目当ての男の背中があった。

「いらっしゃいませ――」

マスターの野澤《のざわ》の声に導かれながらカウンターに近づく。

相変わらずウイスキーのロックを飲んでいるようだ。目の前に置かれたマッカラン十二年のボトルが目に留まった。ラベルに黒いマジックで『ニシ』『ヒナタ』と名前が手書きされている。

大輔の警察官生活の最後の日にふたりでキープしたボトルだ。

「まだ残ってたのか」

清一郎が声をかけると、大輔がこちらに顔を向けた。

「ふたりで金を出し合ったボトルだから、勝手に飲んじゃ悪いと思ってな」

「飲んでるじゃねえか」大輔のグラスに指を向けながら隣に座る。

「これはショットで頼んだ。大きな事件がなければそろそろ来る頃じゃないかと思って、用意してもらっておいただけだ」

「弁護人を解任されて、俺に慰めてもらおうとでも思ったか」

大輔が苦笑して、グラスの酒を飲む。

「何にしますか」

野澤に訊かれ、「せっかくだから」とボトルのロックを頼んだ。目の前に酒を注いだグラスが置かれると、野澤が他の客のもとにはけた。一口飲んで、「どうして解任されたんだ」と訊く。

「警察官のおまえにそんなことをぺらぺら話すわけがないだろう」

「だけど俺と話したくて、これを用意していたんだろう?」清一郎はボトルを指さす。

「まあ、そうだな。ただ、解任の理由を話したいわけでも慰めてもらいたいわけでもない。おまえにひとつ訊きたいことがあった」

「何だ? といっても、こちらとしても捜査に関することをしゃべるわけにはいかない」

「そんなことはわかってる。小川北警察署の刑事課に俺の知ってる人間はいるか?」

西の質問の意図がわからず、首をひねった。

「同期の草間《くさま》がいる。二年半ほど前に誘拐事件が起きて帳場が立ったときに再会した」

「葉山俊太郎くんの?」

「そうだ」

「草間は今も小川北警察署にいるのか」

「その一年前に移ったばかりだと言ってたから、おそらくいるだろう。それがどうした」

大輔の求めていることがまったくわからない。

「草間と話がしたい。仲介してくれないか」

「どうしてそんなことを頼む？」

案の定、大輔は何も言わない。だが、おそらく垂水と加納の関係を探るためだろう。加納が二年前に窃盗事件で逮捕されたとき、垂水はその管轄の刑事課の刑事だった。それから一年半ほど後に被害者と加害者の立場になった。まったくの偶然とは思いきれず、本部でもふたりの関係を調べたが、何も出てこなかった。

「何を考えているのかはわからないが、やめておいたほうがいいだろうな」

「どうしてだ」すぐに大輔が返す。

「おまえはひどく嫌われてるから」

帳場にいる間に何度か同期の話になったが、草間は警察組織を裏切った大輔をあしざまに罵《のの》っていた。

「ハードルが高いのは俺も自覚してる。だからおまえに頼むんだ」

「ずいぶんと身勝手な言い草だな。そんな面倒なことを引き受けて、俺に何か見返りが……」

「ある」

大輔がじっとこちらを見つめてくる。何だと訊く前に、大輔がさらに口を開く。

「真実に近づけるかもしれない」

29

アクリル板の前に座っていると、奥のドアが開いて涼香が入ってきた。いつものようにこちらとは目を合わさないまま向かい合わせに座る。

「体調のほうはいかがですか？」

持月凜子は当たり障りのないことから訊いたが、涼香は言葉を返さない。

「先ほどご主人にお会いして、お母様とも電話でお話ししました。垂水さんの体調を心配されていました」

「そうですか……」素っ気ない口調が室内に響く。

「ご主人からお預かりしてきました」凜子はバッグから取り出した紙を広げて涼香の前に置いた。

涼香の視線がわずかに動き、次の瞬間はっと息を呑んで前のめりになる。

「少しでも垂水さんに前向きになってもらいたいとご主人が……」

凜子の言葉など耳に入らないようで、涼香は食い入るように響が描いた絵を見つめている。響がクレヨンで描いた家族の絵だ。

「本当は垂水さんの音楽プレーヤーを持ってきたかったんですが、家にはなかったようで」

その言葉に弾かれたように、涼香がこちらを見た。目を見開いている。

「響くんの声が録音されているんですよね。今、どちらにあるんですか？」

輝久にも晴恵《はるえ》にも探してもらったが音楽プレーヤーは見つからなかった。

涼香は何も言わないままこちらを見つめている。

「葉山さんからお聞きしました。それを持っていると、どんなに辛くても生きなければならないという気にさせられると。余計なお世話かもしれませんが、響くんの声を聞けば、少しは元気になってもらえるのではないかと思って、ご主人とお母様に探してもらいました」

涼香は口もとを引き結んで黙ったままだ。

「響くんの声を聞きたくありませんか？　どちらにあるのか教えていただければ、接見のときに持ってきてお聞かせすることができるかもしれません。それにご主人も聞きたいとおっしゃっていました。もう一度息子さんの声が聞きたい……」

「そんなものありません」遮るように涼香が言う。「数年前に捨てました」

「捨てた？」

涼香が頷く。

「どうしてですか？」理解できずに続けて訊く。

「どうしてって……辛いからに決まってるじゃないですか。そんなものを手元に置いていたら、寂しさに耐えかねて響の声が聞きたくなってしまう。でも聞いた後には必ず寂しさ以上の苦しみや悲しみに襲われる。だから捨てることにしたんです」

しかし、文乃の話によれば、涼香は長い間それを手元に持ち、挫けそうになる自分を奮い立たせてきたのだ。

亡き息子の声を聞けば辛くなる気持ちもたしかにわかるが、だからといって捨ててしまうというのはどこか理解しがたい。亡き息子の唯一残された肉声が入っているのだ。

「録音していた声を消去するのではなく、音楽プレーヤーを捨ててしまったんですか？」

「そうです」

「ご主人にお話しされなかったのはどうしてですか」

「そんなこと、持月先生には関係ないことでしょう。いずれにしても音楽プレーヤーはどこにもありません。……もう、いいでしょうか？」

凜子の同意を得ないまま、涼香が立ち上がってドアに向かった。こちらを振り返ることなくドアをノックして刑務官を呼び出し、部屋を出ていく。

閉ざされたドアを見つめながら、凜子は釈然としない思いを抱いた。

30

暖簾《のれん》をくぐって居酒屋に入ると、日向清一郎は店内を見回した。一番奥の席に近づいていくと、草間がこちらに顔を向けた。すでに数品のつまみを頼み、生ビールを飲んでいる。

「悪いけど先にやってたぞ」

「別にかまわない。こっちも遅くなってすまなかった」

清一郎は上着を脱ぎながら草間と向かい合わせに座った。やってきた店員に生ビールを頼む。

「おまえのほうから飲みに誘うなんてどういう風の吹き回しだ。何かあったのか？」

草間に訊かれたが、すぐには切り出しづらい話だ。

「そういえば一緒に飲むのはひさしぶりだな。何年ぶりだ？」はっきりと覚えていたが、清一郎はそう言いながら店内を見回した。

「葉山俊太郎くんの事件の帳場が閉じたときだから、二年ぶりぐらいになるかな」

この近くにある小川北警察署に誘拐事件の特別捜査本部が設置されたとき、同僚たちとたまにここに飲みに来た。

目の前にビールが運ばれてきて、とりあえず草間と乾杯する。

「そうか……あれからもう二年になるのか」

自分が担当した事件の中でも特に痛ましいものだったので、あの頃のことは今でもよく覚えている。

「みんなで死に物狂いになってやっと犯人を捕まえたっていうのに、いまだに裁判も始まらないなんてなあ。やってらんねえよな」草間がぼやきながらつまみに箸を伸ばす。

「まったくだ」苦々しい思いで頷き、一気に半分ほどジョッキを空ける。

「そういえば……垂水の事件はおまえの係が担当したのか？」

都合よく、草間のほうからその事件の話が出た。

「そうだ。あんな形で再会したくなかったけどな」

「本当に計画的な殺人なのか？」草間が小声で訊く。

「うちではそう判断している」

清一郎がきっぱりと言うと「そうか……」と草間が大きな溜め息を漏らして、椅子の背に深くもたれかかる。

「あんなにしっかりした女性だったのにホストなんかに溺れちまうなんてなあ……」

「小川北警察署でも異動した毛呂《もろ》警察署でも、垂水の仕事に対する評価は高かったみたいだな」

「ああ。警察官になってからずっと地域課だったけど、ある時期から強く刑事課に行くことを志望するようになって、職務も勉強も必死にこなしながら上にアピールしてたな」

「そうだったのか。どうしてそんなに刑事課を志望してたんだろう」

「さあ、訊いたことがないからはっきりとした理由はわからない。ただ、寂しさを紛らわせるために何か新しい目標がほしかったのかもしれないな」

「寂しさを紛らわすために……息子さんが亡くなったことか？」

「こういう言いかたはよくないのかもしれないが、息子さんが亡くなるまでは定時にすぐに退勤するようなタイプだったらしいけど、それ以降は求められなくてもずっと残業してたみたいだから。もっとも、純粋に刑事課の仕事がしたいというよりも、旦那と一緒にいるのが気詰まりで、家にいる時間を少なくしたかったのかもしれないな」

　垂水の夫に事情聴取したとき、息子が亡くなってから夫婦の間に溝のようなものができてしまったと言っていた。夫婦の会話はほとんどなくなったので、妻の交友関係も、仕事が休みのときにどのようなことをしているのかも、全く把握していないと。

「垂水の件に関して、ひとつ面白い話があるんだ」

清一郎が切り出すと、興味を持ったように草間が身を乗り出してきて「何だ？」と訊く。

「弁護を担当していたのは西だ」

すぐには意味がわからないようで草間がこちらを見つめている。やがて顔が紅潮しだした。

「西って……西大輔のことか？」

「他に誰がいる？　もっとも西は最近弁護人を解任されたけどな」

大輔の名前を出した途端、それまでの穏やかさとは打って変わって、草間の表情が険しくなった。残りのビールを一気に飲み干し、ジョッキを叩きつけるように置く。荒い声で店員を呼びつけ、代わりのビールを頼む。

「昨日、いきなり西から電話があってな。驚くようなことを言われた」

本当はバーでその話をされたが、ふたりがたまにでも会う仲だと草間に思われないほうがいいだろう。

「いったい何だ？」不機嫌な表情を崩さないまま草間が訊く。

「小川北警察署に自分の同期はいるかと訊かれた。おまえのことを話すと、会いたいから俺から頼んでくれと」

「どうして俺と？」草間の表情が不機嫌さから怪訝さに変わる。

「小川北警察署にいたときの垂水のことが聞きたいんだろう」

「そんなことを聞いてどうするんだ。事件とは関係ないだろう」

「実は、垂水が殺した加納怜治さんは、一昨年の二月に小川北警察署管内で窃盗事件を起こして逮捕されてるんだ。垂水がまだ小川北警察署に勤務しているときだ」

驚いたように草間が目を見開いた。

「もちろん垂水にも取り調べで加納さんのことを問い質したし、特捜でも過去にさかのぼってふたりの関係を調べてみた。けっきょく何も接点は見つからず、偶然だったんだろうとうちでは結論付けたけど」

「西はそれらのことを調べようとして俺に会いたがっているのか？」

「はっきりとはわからない。だが、小川北警察署の刑事に会いたいと聞かされて、俺にはそれしか理由が思いつかない。西は弁護人を解任されたが、残っている女の弁護人は同じ事務所の人間だ。垂水の事件がらみであるのは間違いないだろう」

「冗談じゃねえ。あいつの協力なんかするわけねえだろう！」

想像していた通りの反応だ。

「もしかしてそんなことを頼むために、俺を飲みに誘ったのか？　警察官のおまえが、しかも担当していた事件で、弁護人に協力するっていうのか？」草間が血相を変えてまくしたてる。

たしかに草間の言う通りだ。だが昨夜から、大輔の言葉が頭から離れないでいる。

真実に近づけるかもしれない――

大輔が見ようとしているものはいったいどんなものなのだろうか。同じ事件を扱っていても、自分とはまったく違うものを大輔は見ているのではないか。そうであるならば、それが何であるのかがどうしても知りたい。

「もちろん弁護人に協力する気などさらさらない。ふざけるなと一蹴して電話を切った。だがその後、ちょっと思い直すことがあって、おまえに連絡することにした」

「どういうことだ？」

「西たちは、俺たちがつかんでいない何かをつかんでいるのかもしれない」

こちらを見つめながら草間が小首をかしげる。

「だからそれに関連して、小川北警察署にいたときの垂水のことを調べようとしているんじゃないかと。やつらがどんなことを調べようとしているのかが知りたい。検察から聞いたところによると、公判前整理手続で西たちは全面的に争うと主張したそうだ。だが、まだ方針は示されておらず、争点もはっきりしない。こちらは万全の態勢で起訴しているつもりだが、やつらが何を狙っているのかを知れるに越したことはない」

先ほどまで顔を紅潮させていた草間が冷静な表情に戻っている。

「それで、俺に探りを入れろと？」

「そうだ。頼まれてくれないか」

草間が考え込むように唸った。それでも決めかねているのか、運ばれてきた生ビールを勢いよくあおり、視線を宙にさまよわせる。

「どうだ？」

さらに言うと、草間がこちらに視線を合わせた。

「悪いが……やっぱりやつの顔は二度と見たくない。顔を合わせた瞬間、ジョッキで殴りつけかねないからな」

組織を裏切った大輔への怒りは自分が想像していた以上のようだ。

「西でなければ、どうだ？」

「女弁護人のほうならってことか」

清一郎が頷きかけると、こちらを見つめていた草間が溜め息を漏らした。しかたなさそうに「わかった」と頷く。

# 31

事務所に入ると、席に座って資料に目を通していた西がこちらを見た。この時間に出勤しているのは珍しい。

「おはようございます」と西と由香里に挨拶しながら持月凜子は自分の席に向かった。椅子に座ると同時に、西が席を立って近づいてくる。

「垂水さんには聞かせられたのか？」

いきなり西に訊かれて、凜子は首をひねった。

「響くんの声だ」

「いえ……ご主人とお母さんに探してもらったんですけど家にはなくて、垂水さんに接見して訊いたら捨ててしまったと」

「捨てた？　響くんの肉声が録音されてる音楽プレーヤーを？」

「ええ……手元に置いていたら、寂しさに耐えかねて聞いてしまうけど、その後には苦しみや悲しみに襲われるからと……」

西が眉根を寄せる。自分と同じように釈然としない思いを抱いているようだ。

「ところで……今日の夜は何か予定があるか？」

西の問いに、「いえ」と凜子は首を横に振った。

「おまえに会ってもらいたい人がいるんだ」

「どなたですか？」

「小川北警察署の刑事で草間という男だ。俺は一緒に行けないが、セッティングはしてある。東武東上線の坂戸駅の近くにある灯籠屋という居酒屋に八時に行ってくれ」

「どうして小川北警察署の刑事なんですか？　垂水さんの事件について調べるなら毛呂警察署の……」

「もちろん毛呂警察署の同僚からも話を聞きたいところだが、まずは最も気になっている小川北警察署での垂水さんのことを知りたい」

「最も気になっているって……」その意味がわからず凜子は訊く。

「俺たちに弁護から外れてほしいと言い出す前に、垂水さんとどんな話をしたか覚えているか」

手紙をもらって涼香に会いに行ったその前の接見の様子を、凜子は思い返した。

たしか第二回公判前整理手続の前だったので、そろそろこちらの方針を決めなければならないという話をした。涼香があらためて「私は殺していません……」と自分たちに訴えたので、争うということで同意した。

それから……と思い出している間に西が口を開く。

「加納さんが起こした窃盗事件についてよく思い出してほしいと、俺は垂水さんに訴えた。垂水さんは覚えていないと言ったが、俺は加納さんが自分を逮捕した小川北警察署の刑事に恨みを抱き、垂水さんに近づいたのではないかという推測を話した。その接見の後から、俺たちに対する垂水さんの態度が急激に変わったとは思わないか？」

言われてみればたしかにそうだ。

「そのことにこれ以上触れられたくなくて、私たちを弁護から外そうとしたと、西さんは考えているんですか？」

凜子が言うと、「わからない……」と西が首を横に振る。

「ただ、ずっと気になってる。どうして垂水さんは急に俺を弁護から外そうとしたのか……裁判に負けてもいいから自分の言うことを疑わない弁護をしてくれればいいと、妙な頑なさを抱くようになったのか……」

涼香の急激な態度の変化に戸惑うと同時に、凜子も違和感を抱いていた。西の言う通り、あのときの接見を境に涼香の姿勢が大きく変わったように思える。

「わかりました。その草間さんというかたにお会いして、加納さんが窃盗の容疑で逮捕された頃の垂水さんの様子を訊けばいいんですね」

「簡単に話してくれるとは思わないが、今はおまえの愛嬌に期待するしかない」

褒められているのか馬鹿にされているのかわからない言いかたに、少しばかりむっとする。

「草間さんはどんなかたなんですか？」

「整形でもしてないかぎり鬼瓦のようなやつだ。会えばすぐにわかる」

その形容に気が滅入ったが、凜子は西に頷きかけた。


引き戸を開けて店に入ると、「いらっしゃいませ！」と威勢のいい声が響いた。すぐに店員が目の前にやってくる。

「何名様ですか？」

「待ち合わせをしているので店内を見てもいいですか」

店員に断って凜子は店内を巡った。テーブル席にひとりで座る男性を見つけて近づく。気配を感じたように男性がこちらを見る。厳《いか》つい顔で睨まれ、思わず身を引きそうになった。

「あの……草間さんでしょうか」

怖々《こわごわ》と声をかけると、男性がぶっきらぼうに頷く。

「細川法律事務所で弁護士をしております持月と申します。今日はお時間をいただき、ありがとうございます」

凜子が差し出した名刺をしげしげと見つめ、草間がようやくこちらに視線を戻す。

「あんたが垂水の弁護をしてるのか?」

「はい」

「驚いたな。あんた、いくつ?」

「三十歳です」

「へえ」草間が鼻で笑った。

経験の乏《とぼ》しい弁護人だと舐めているようだ。

向かい合わせに座ると、草間がテーブルのベルを押して店員を呼んだ。草間に付き合って凜子も生ビールを頼む。さらに草間がつまみを数品頼み、店員がその場を離れる。

「あの……これからのお話を録音させていただいてもよろしいでしょうか。もちろん西にしか聞かせるつもりはありませんので」凜子はバッグから取り出したボイスレコーダーを見せながら訊いた。

「別にかまわないよ。だけどノーカットであいつに聞かせろよ」薄笑いを浮かべながら草間が威圧感のある声で言う。

不気味に思えるその笑みの意味がわからないまま、凜子は頷いた。録音ボタンを押してボイスレコーダーをテーブルの端に置く。

「それじゃ、さっそく取り調べを始めるか」冗談とも本気ともつかない口調で言って、ぐいと草間がこちらに身を乗り出してくる。「で、俺に何を訊きたいんだ」

「それではまず、垂水さんの人となりについてお聞かせいただけないでしょうか」

草間の圧力に屈しないよう、凜子は意識的に前のめりになって言った。

「人となりって言ってもなあ……」どう応えていいかわからないというように草間が頭をかく。

ふたりの前に生ビールとつまみが運ばれてくる。ジョッキを合わせることなく草間がビールを飲んだ。

「草間さんと垂水さんはどれぐらい同じ課で働いてらっしゃったんですか」凜子は訊きかたを変えた。

「三年前の春に垂水が地域課から刑事課に配属替えになって、翌年の春に毛呂警察署に異動するまでだから、ちょうど一年かな」

その一年の間に葉山俊太郎の誘拐事件と、加納怜治の窃盗事件が起きている。

「一言で言うとまじめなやつだったな。念願だった刑事課に配属されて気合が入ってたんだろう。熱心に仕事を覚えようとしてたよ」

「刑事はコンビを組んで行動すると聞いたことがあるんですけど」

「ああ。垂水は俺と組んでた」

そうであれば職場での涼香のことを一番知っている人物かもしれない。

「一昨年の二月に発生した窃盗事件についてお訊きしたいんですが」

凜子が言った瞬間、草間の眼差しに鋭さが増したように感じた。

「三月に加納怜治さんという男性が小川北警察署に逮捕されたんですが、その事件について覚えてらっしゃいますか」

「覚えてるも何も……垂水が殺した男だろう」

「殺したというのはまだ……」

裁判すらまだ始まっていないのにそう断言するのは早いと、目で抗議する。

「あんたらからしたら認めたくないよなあ。だけど証拠が揃ってるから起訴されてるってことだ。検察は負け戦をしないからな」

たしかに日本では起訴された事件の有罪率が99パーセントを超える。

「正直言ってその事件のことはすっかり忘れてたけど、最近調書を読み返してみた」

「草間さんと垂水さんは捜査に関わっていたんですか？」

「ああ」と草間が頷くのを見て、凜子は小さな溜め息を漏らした。

涼香はまったく覚えていないと言っていたが、加納の窃盗事件に携わっていたのだ。

「窃盗事件に関して覚えてらっしゃることをお話しいただけないでしょうか」

草間がつまみの枝豆に手を伸ばす。じらすように一粒ずつ豆を取り出してゆっくり味わいながら口を開く。

「空き巣に入られたって通報があって、まず俺と垂水でその家に行って被害者から事情を聞いたんだ。被害者は七十代後半の男性で、その家でひとり暮らしだった。デイサービスのために朝から介護施設に行って夕方家に戻ってきたら、窓ガラスが割られていて部屋が荒らされていたって。被害者から話を聞いているときに、垂水がタンスの隙間《すきま》に落ちていたものを見つけて、この家にあった物かと被害者に確認した」

「小さな音楽プレーヤーですね」

「そう。さすが弁護士さん、何でも知ってるんだな」草間が皮肉るように笑う。「被害者が自分の持ち物ではないと言ったんで証拠品として領置した。その後、鑑識も駆けつけてきて調べてみたけど、指紋や他の遺留品は残されてなかった」

証拠を発見したのは涼香だったのか。

「で、その音楽プレーヤーから指紋が出て、加納が容疑者として浮上した。それで逮捕状を取って、加納が住んでいる所沢の部屋に踏み込んだ」

「草間さんと垂水さんのおふたりで、ですか？」

「まさか。逃げられたら大変だから、俺たちの他に四人、計六人で踏み込んだ」

「加納さんに手錠《てじょう》をかけたのはどなただったか覚えてらっしゃいますか」

加納が自分を逮捕した小川北警察署の刑事に恨みを抱くとしたら、手錠をかけた人物により強くその思いを持つのではないか。

「俺がかけたな」

涼香ではない。

「取り調べはどなたが？」

「それも俺だ。たしか調書は垂水がとった」

「取り調べの様子はどんな感じでしたか」

「最初の頃はずっと否認してたよ。自分は嵌められたとか言って騒いでたな。だけどしばらくして容疑を認めた。おおかたこのままでは裁判に勝てないと弁護人から白旗を掲げられたんだろう」

「取り調べのときは、ほとんど草間さんが加納さんとお話しされてたんですか」

「そうだね」

「例えば、垂水さんと加納さんの間で何かやり取りがあったということはなかったでしょうか」

「やり取り？」

「ええ。後々、垂水さんが加納さんから恨みを抱かれるようなことを言ったりしたりしなかったかと」

草間が口もとを少し緩ませた。

「おたくらの見立てはそういうことなのか」

「見立て？」凜子は首をひねった。

「逮捕された恨みで加納は垂水を襲おうとした。それに抵抗して加納の頭を殴ってしまったと」

自分と西はその可能性を考えているが、とりあえず黙っておいた。

「垂水がそう供述してるのか？　こちらにばかりしゃべらせないで、そちらも思ってることがあったら話してくれよ。元同僚として俺もいろいろと気になってるんだから」

少し間を持たせたほうがいいだろうと、凜子はジョッキをつかんでゆっくりとビールを飲んだ。食べたいわけではないが枝豆をつまむ。

元同僚として気になっているわけではないというのは凜子にも察せられる。おそらくこちらの手の内を聞き出して、検察か捜査一課に伝えるつもりだろう。

「そちらがだんまりを決め込むなら、こちらだってこれ以上話さないぜ」

草間が残りのビールを一気にあおり、店員を呼んでもう一杯頼む。新しいビールが運ばれてきて苛立たしそうにジョッキを持ち上げる。

「たしかに草間さんのおっしゃる通りです」

凜子が言うと、口もとまでジョッキを持っていった手を止めて草間がこちらを見る。

「逮捕された恨みで加納に襲われたと、垂水が供述してるってことか?」

相手に話させるために、ある程度はこちらが持っているカードを切ってもいいと西に言われていたが、涼香が窃盗事件に関して覚えていないと供述していることは伏せておくべきだろう。

「さすがにそこは言えませんが、弁護側の方針のひとつとして検討していることは事実です」

草間に事件のことを聞いているうちに、涼香のその供述に違和感を抱き始めていた。後に証拠となる音楽プレーヤーを自分が発見し、逮捕する際や取り調べにも立ち会っていたというのに、加納のことをいっさい覚えていないことに。

「ところで……先ほど、草間さんは窃盗事件のことはすっかり忘れていたとおっしゃっていましたが、そういうことはよくあるものでしょうか?」

「日々事件は起きるからな。それに二年前の話だろう。大きな事件や印象に残る事件じゃなければ忘れちまうこともあるよな。俺は忘れちまってたけど……たしか垂水にとっては小川北警察署で最後に解決した事件だったから、覚えていないなんてことはないだろう」

草間の話を聞きながら、さらに涼香の供述が不可解に思えてくる。

やはり自分たちには知られたくない何かがあるのだろうか。窃盗事件や加納との関係に隠しておきたいものがあるのか。

だが、その後の涼香と加納との間に何かの関係があったかどうかに関しては、草間に訊いてもわからないだろう。涼香はその直後に毛呂警察署に異動している。

「毛呂警察署に異動されてから、垂水さんとお会いになりましたか」凜子は一応訊いた。

「いや……」と言いかけて、「そういえば、数ヵ月前に蛍亭《ほたるてい》でひとりで飲んでるのを見かけたな」

「蛍亭というのは？」

「小川北警察署の近くにある定食屋というか居酒屋だ。俺も含めて同僚がちょくちょく利用してる店で、そこの女将さんに可愛がってもらってたらしく、垂水は贔屓《ひいき》にしてるみたいだった」

「何かお話しされましたか？」

「軽く挨拶したぐらいだな。思い出のある場所だからひさしぶりに訪ねてみたくなったって。あのときは一緒に仕事してた頃と変わらないように見えたけど、その直後にあんな事件を起こしやがって。まったく……」

草間の嘆息を聞きながら、頭の中に『蛍亭』という名前を刻む。そこを訪ねれば、もしかしたら自分たちが知らない涼香のことを聞けるかもしれない。

「それにしても警察の面汚《つらよご》しが同じく警察の面汚しの弁護をするなんて。笑うに笑えねえなあ」

その言葉の意味がわからず、凜子は首をひねった。

「解任されたらしいけど、それまではあんたと一緒に西が垂水の弁護をしてたんだろう。五年前まで西は俺たちの同僚だったんだ」

西が刑事だったことは知っている。しかし……

「警察の面汚しというのはどういう意味ですか」

「そのまんまの意味だよ。西は警察組織を裏切ったんだ。それで逃げるようにして辞めた。俺たち同期の恥だ」草間がテーブルの端を見て、ボイスレコーダーに向かって叫ぶ。

「西さんが警察組織を裏切った?」その言葉がどうにも気になる。

「そうだ。あんた、曙川《あけがわ》事件って知ってるか」

聞いたことがある。詳細は覚えていないが、凄惨《せいさん》な殺人事件だったと思う。

凜子が黙っていると、草間が事件の概要を話した。

六年前、埼玉県さいたま市にある民家が全焼する火事があり、焼け跡から老夫婦の遺体が発見された。被害者の内海茂雄《うちうみしげお》と妻の幸代《ゆきよ》は大地主の資産家として地元では有名だった。ふたりの遺体には複数箇所の刺し傷があったことから、殺人放火事件として捜査されることになり、一ヵ月後に夫婦が懇意にしていた料理店の店主であった四十二歳の曙川保《たもつ》が逮捕された。

曙川は店の経営難から三百万円近くの借金をしており日頃から金策に苦慮していた。内海夫妻に借金を願い出て断られ、店内で口論になったのを店の常連客が目撃している。焼け跡に残されていた刃物から曙川の指紋が検出され、また事件当時のアリバイがなかったことから逮捕されて取り調べを受けていたが、やがて「借金を申し込んだが無下に断られて夫婦を殺害して家に放火した」と自供したという。

そこまで聞いて、その事件のことについて思い出した。たしか凜子が弁護士になりたての頃に起きた重大事件だったので記憶に残っている。

「取り調べでは素直に罪を認めていた曙川だったが、裁判が始まったら一転して否認した。長時間にわたる暴力的な取り調べに耐えかねて嘘の自白をしてしまったと言い出してな」

「その事件が……」

いったい西とどんな関係があるというのか。

「西は当時、大宮南警察署の刑事課にいて、捜査一課とともにその事件の捜査をしていた。その西が曙川の裁判で、弁護側の証人として出廷《しゅってい》して、違法な捜査が行われていたと自分たちの組織を非難したんだ」

草間の話を聞きながら、西が凛子をひとりでここに来させた理由を察する。おそらくかつての仲間から会うことを拒絶されたのだろう。

「警察にとっては前代未聞の不祥事だ。だが、事件に関しては曙川の自白だけでなく他にも物証があった。もっともやつらとしては簡単に罪を認めるわけにはいかねえんだろうがな」

「やつら？」

「死刑や無期懲役になるような重大事件を起こす犯罪者全般ってことだ。以前、誘拐殺人事件で逮捕した犯人だってそうだ」

「もしかして、葉山俊太郎くんの事件ですか」

「そうだ。決定的な証拠があるにもかかわらず、いまだに犯行を認めずに、裁判の目処すら立ってないらしいからな。まったく、往生際が悪いったらありゃしない」

「俊太郎くんが持っていたミニカーですね」

驚いたように草間が目を見開いた。どうして知っているのだと思ったのだろう。

「まあ……それだけじゃない。逮捕から八ヵ月後にさらに決定的な証拠が出てきた」

「どういったものですか？」興味を持って凛子は訊いた。

「部外者のあんたにぺらぺらしゃべるわけにはいかないんでな」

どういうものであるのかを聞けなかったのは残念だが、それらの証拠によって文乃の無念が多少でも晴らされることを心から願った。

「いずれにしても、凶悪な事件を起こすやつらが考えることなんてそんなもんだ。自分可愛さに平気で嘘をついて、何とかして言い逃れをしようとする。案の定、裁判で曙川には死刑が言い渡された。西の証言は言いがかりでしかなく、裁判では何の意味もなかったってことだ。どうしてあんな馬鹿なことをしたのか同期の俺すら理解できない。ただ、その後弁護士になったと聞いて納得したよ」ボイスレコーダーを睨みつけながら話していた草間がそこで口を閉ざした。

「どう、納得されたというんですか」

凜子が問いかけると、草間がこちらを見た。怒りとも悲しみともつかない眼差しだ。

「西は警察組織に盾突く正義の人という手土産を携えて、もともとなりたかった弁護士に鞍替えしたんだろうってことだ」

「西さんはもともと弁護士を目指していたんですか？」

初めて聞かされることに驚く。

「警察学校にいるときには知らなかったが、後で名門の国立大学在学中に司法試験を突破した秀才だと聞かされた。もともとは弁護士を目指していたとな。それを聞いてなるほどなと納得したよ。法学の授業では西は断トツの成績だったし、他の面に関しても同期の中でトップクラスだった。警察官を拝命してからもやつの評判はよく耳にしてた。俺たち同期の憧れでもあった。それなのにやつは……」

「西さんはどうして弁護士になるのを諦めて、警察官になろうと思ったんですか」

「さあなあ……俺は聞いたことがない。警察学校にいるときにはそのことを知らなかったから。だが、今思うと……司法試験を突破したエリートがいきなり地方公務員を選ぶ理由はそれほど多くはねえだろうと。たとえば親しい人が犯罪の被害に遭っちまったとか」

その言葉に息を止める。

西も凜子と同じように、親しい人を犯罪によって亡くしたり傷つけられたりしたのだろうか。

「実際に警察学校にいた頃は、ニュースなんかで凶悪事件が報じられるたびに西は犯罪者に対する憎しみを口にしていたし、社会から犯罪をなくすことを自分の使命にすると言っていた」

かつて自分も司法研修所で同じような思いを抱いていた。

「青臭いなと思いながらも、そんな西が羨《うらや》ましくもあった。当時の俺はそれほどの使命感を持って警察学校に入ったわけじゃなかったから」

「でも、犯罪者に対峙するなら検察官になる方法もあったはずですけど」

司法試験に合格しているのであればそちらの道に進んだほうがはるかに早いだろう。

「言われてみればたしかにそうだな。やっぱり単なる気まぐれだったのかね。気まぐれで警察官になったが自分が思っていたような場所じゃなくて、やり直すことにしたか。西に会ったら……いや、ここで話せばいいのか」草間がちらっとボイスレコーダーを見る。「俺たちの同期はあいつを除いてひとりも欠けることなく警察官でいる。あの頃から思いは変わらない。足を棒にして、泥の中を這い回るようにして、犯罪者を捕まえる。それが自分たちの使命だと思ってるからだ。今のおまえに使命はあるのかな？」

そこまで言うと、草間が手を伸ばしてボイスレコーダーの停止ボタンを押した。

「他に訊きたいことはあるか？」

涼香に関して訊きたかったことは一通り訊けた。

「いえ……ありがとうございます」

「ノーカットでやつに聞かせろよ。じゃあな」草間が伝票を取って立ち上がり、レジに向かっていく。

もうすぐ大宮駅に着くという車内アナウンスが聞こえ、凜子は腕時計を見た。十時半を少し過ぎている。

西はまだ事務所にいるだろうかと思い、凜子は電車を降りた。

大宮駅を出て夜の道を歩いていく。ビルの前に着いて見上げると、事務所の窓から明かりが漏れている。エレベーターで三階に上り、ドアを開けた。

「お疲れ様です」ソファに座って資料を見ていた細川がこちらに目を向ける。

凜子は挨拶を返して事務所を見回した。西も由香里もいない。

「西くんですか？」

細川に訊かれて、凜子は頷く。

「十時頃までいたんですけどね。飲みたいと言って帰っていきましたよ」

「そうですか……」

事務所に寄るなら連絡しておけばよかった。

「曙川保の裁判は細川先生が担当されたんですか？」

ソファに近づきながら問いかけると、こちらを見つめ返しながら細川が小首をかしげる。

「曙川事件です」

何かを察したように細川が微笑みかける。

「そういえば、西くんの元同僚と会っていたんでしたっけ。もしかしたら今頃泣かされてるんじゃないかと、気を揉んでいましたよ」

「そこまで悪い人ではなかったので安心してください」

「そうですか……曙川事件の弁護は私ではなく山寺《やまでら》先生がやっていました」

「どういった経緯で西さんが弁護側の証人として立つことになったんですか」

「経緯も何も……そうすることが正しいと思って、西くんのほうから山寺先生を訪ねたんですよ。ただそれだけです」

「曙川保は冤罪だったんでしょうか」

自分の立場を顧みず、職を擲《なげう》つ覚悟で、西は証言台の前に立ったのだろう。

「死刑が確定しました。司法的にはそれがすべてです」

意外なほど冷ややかな返答だと感じた。

「ただ……弁護人としては判決がすべてだと思ってはいけないでしょう。確定した罪の中にも冤罪があるかもしれない。世間のほとんどの人が真実だと思っていることの中にも、もしかしたら真実ではないものが含まれているかもしれない。私は被告人ではないから、それが冤罪であるかどうかを簡単に言うことはできません。ただ、その事件の裁判を傍聴していた私の考えで言わせてもらうなら、争う価値のある、いや、争わなければならない戦いだったと思います」

「法廷で西さんの証言をお聞きになられたんですか？」

「ええ。連日に及ぶ過酷な取り調べに疲弊《ひへい》し、このまま認めなければ死刑になると捜査員に脅《おど》され本意でないまま自供してしまった可能性が拭えないと。事件を担当した刑事であるにもかかわらず弁護側の証人になった彼に興味を持ちましてね。まあ、興味半分、心配半分といったところでしょうか、その後彼に連絡を取って会いに行きました。呼び出されたのは飲み屋で、警察を辞めたばかりで腐っていたのかずいぶん泥酔していました。彼と話をしているうちに司法試験に合格していることを知りました。警察官になる前は弁護士を目指していたと」

「それで弁護士になることを勧めてここで雇うことにしたんですね」

「まあ、簡単ではありませんでしたが。犯罪者の弁護などしたくないと彼に断られました。ただ、それでも彼のような人物こそ刑事弁護をするべきだと思いましてね、私もしつこく食い下がりました。それでようやく司法修習を受けてここで働くことになったんです。ただ、契約のときに条件を出されましたが」

「条件？」

「刑事弁護に関しては拒否する権利が欲しいと」

雇用契約書にはこうも書いてあったと思うんですがね。年に二回はあなたの頼みを断る権利がある――

そういえば以前、西が細川に言っていた言葉を思い出した。

「細川先生の頼みは年に四回受け入れて、西さんは二回断る権利がある……」

「そうです。それが弁護士の姿として正しいかどうかはともかく、彼の中には明確な基準があるんです。その人物を弁護するべきかどうかという。それは依頼料の高い安いではなく、事件の大小でもない。また冤罪の疑いがあるかどうかでもない」

「それではどういう基準なんですか？」

「真実を知らなければならないという彼の欲求でしょう。真実を解き明かさなければ、その者にとって正しい判決は下されない。そして真実を隠したままでは本当の意味での贖罪《しょくざい》や更生は望めない。それが西くんの考えです」

西はよく『真実』という言葉を口にしている。

「西くんは今でも仕事の合間に曙川事件の再審請求のために証拠を探しています」

「西さんはどうして弁護士ではなく警察官になったんですか」

「わかりません。何度か訊いたことがありますが、『ただ、何となく』としか答えませんでした」

「どうして警察官ではなく検察官にならなかったんでしょう」

すでに司法試験に合格している立場で犯罪を取り締まる側になりたいのであれば、

警察官ではなく検察官を志望したほうがいいのではないか。

「それもわかりません。ただ、ひとつだけ私が知っているのは、彼のお父さんが東京地検の検事正ということです」

驚きのあまり凜子は息を吞んだ。東京地方検察庁のトップだ。

「現在の？」

「そうです。ちょっとおしゃべりが過ぎてしまいましたかね。西くんには黙っておいてもらえますか」人差し指を口もとに添えて細川が書類に視線を戻した。

32

「お疲れのようですね」と言いながら由香里が机の上にコーヒーを置いた。

持月凜子は軽く頷きかけて、由香里に礼を言う。

昨夜は終電で家に帰ったが、布団に入ってもなかなか寝つけなかった。草間から話を聞いて、これからの弁護活動にあらためて不安を抱いたこともあったし、何よりも西の過去が気になっていた。

西はどうして弁護士になるのをやめて警察官になったのか。そして、東京地検のトップである父親とはどんな関係なのか。

コーヒーを飲んでいると物音がして、ドアに目を向けた。事務所に入ってきた西がまっすぐこちらに向かってくる。

「草間とは話ができたか？」

西に訊かれ、凜子は頷きながらボイスレコーダーを取り出した。

「ちゃんと録音も許可してくださいました」

「さっそく聞かせてくれ」

西が近くにある椅子を引き寄せて隣に座ったので、凜子は再生ボタンを押してボイスレコーダーを机に置いた。

『それじゃ、さっそく取り調べを始めるか……』

草間の声とともに鼻で笑う音が聞こえ、隣に目を向けた。ボイスレコーダーに視線を据えながら西がふたりのやり取りを聞いている。

そのまま西の表情を窺っていると、眉間がぴくりと動いた。空き巣の被害に遭った家で、涼香が音楽プレーヤーを発見したということに反応したようだ。さらに涼香にとって小川北警察署で最後に解決した事件というくだりになり、西が顎に手を添えて考え込むように唸る。

『……あのときは一緒に仕事してた頃と変わらないように見えたけど、その直後にあんな事件を起こしやがって。まったく……』

草間の嘆息が聞こえると同時に、停止ボタンを押そうと手を伸ばした。「最後まで聞かせろ」と西が凜子の手を払う。

『それにしても警察の面汚しが同じく警察の面汚しの弁護をするなんて。笑うに笑えねえなあ』

表情を変えることなく西は草間の言葉を聞いている。それからも凜子の様子を気にすることもないまま、ふたりのやり取りに意識を集中させているようだ。

『……あの頃から思いは変わらない。足を棒にして、泥の中を這い回るようにして、犯罪者を捕まえる。それが自分たちの使命だと思ってるからだ。今のおまえに使命はあるのかな？』

そこで会話が切れると、ようやく西がこちらに目を向けた。

「なかなか上出来だ」

様々な感情が渦巻いているのだろうが、おくびにも出さずに西が口もとを緩める。

「どう思いますか？」

「これだけ窃盗事件の捜査に携わっていて、まったく覚えていないという垂水さんの供述はどうも……な」

自分が抱いた感想と同じだ。

「何とかして毛呂警察署の同僚のかたから話を聞けないでしょうか」

「そちらの策も考えるが、とりあえずこれから蛍亭に行ってみないか」

「みないか？　西さんも一緒にですか？」

「ボランティアで手伝ってやる」西はそう言って席を立つとドアに向かう。

凛子は慌てて身支度を整えて西の背中を追った。


小川町駅の改札を抜けると、凛子は足を止めて西に目を向けた。

「とりあえず小川北警察署まで行ってみましょう」

電車の中で蛍亭のことを調べたが、ネットに情報はなかった。

スマホを取り出して小川北警察署の場所を調べ、西とともに駅を出る。まわりの店を確認しながら十五分ほど歩くと小川北警察署に着いた。ここに来るまでに蛍亭はなかった。

「草間さんの話によると、署の近くにあるということだったんですけどね」

「手分けして探そう」

凛子は頷き、小川北警察署の周辺を探し始めた。しばらく歩き回っていると、路地の一角に数人の男女が立ち並んでいるのが見えた。行列の先にある店に『蛍亭』と暖簾が掛かっている。

店先に定食のメニューを書いたホワイトボードが置いてあった。二時までランチタイムのようだ。少し歩いたかぎりこの周辺に飲食店は少ないから、昼時は混み合うのだろう。

凜子は西に電話をして場所を伝えると、行列の後ろに並んだ。店から数人の客が出てきて行列が少し進んだときに、「ずいぶん混んでるな」と後ろから声が聞こえた。振り返ると西が立っている。

「お昼時ですからね」

凜子が言うと、西が腕時計に目を落とした。

「どこかで時間をつぶして、ランチタイムが終わる頃に来たほうがよさそうだな」

「そうですね」

凜子と西は行列から離れた。あたりを見回しながらしばらく歩いたが、時間をつぶせそうな店は見当たらない。

「俺に何か訊きたいことがあるんじゃないのか」

ふいに言われ、弾かれたように西を見た。

「今朝からそういう顔で俺を見ているような気がしたから」

たしかに草間と細川の話を聞いた昨日の夜から、西に対するいくつかの疑問が脳裏にちらついている。

「西さんは大学在学中に司法試験に合格したんですよね。それなのに、どうして警察官になったんですか」

思い切って凜子が問いかけると、言葉を返さずに西が歩調を速めた。

やはり答えるつもりはないようだ。

少し先にあった自動販売機の前で西が立ち止まる。小銭を入れて缶コーヒーを買うと、さらに小銭を入れてボタンを押すよう促す。凜子は礼を言って、ホットティーのボタンを押した。取り出し口からペットボトルをつかみ、向かいにある公園に入っていった西の後に続く。空いていたベンチに西が腰かけて缶コーヒーのプルタブを開ける。凜子も隣に座ってホットティーを飲んだ。

「……概《おおむ》ね草間の言った通りだ」

隣から声が聞こえ、凜子は西を見た。西はこちらではなく正面を向いたまま、缶コーヒーを飲んでいる。

「親しい人が犯罪の被害に遭われたということですか？」

「そうだ」

「ご家族ですか？」

「いや……当時付き合っていた恋人だ」

西の横顔を見つめながら胸に鈍い痛みが走る。これ以上聞いてはいけないような気がして、西から視線をそらす。

「同じ大学に通っていて、ともに弁護士を目指していた。ふたりともひとり暮らしをしていて、電車で二駅の距離だったから、お互いの部屋をよく行き来していた」

「ご実家は東京ではなかったんですか？」

「当時の実家は東京だったが、高校三年生のときに母親を亡くしてすぐに家を出た。……その日は友人たちと飲んだ後に彼女の部屋を訪ねた。外から見たときには彼女の部屋から明かりが漏れていたが、インターフォンを鳴らしても応答がなかった。ドアノブを握ったら鍵がかかってなくて、そのまま部屋に入ったら……」

それから長い沈黙があった。

握り締めたペットボトルに視線を据えたまま、西が話し出すのを待った。

「……ベッドの上で仰向けになって倒れている彼女を見つけた。呼びかけても、身体を揺すっても、反応しなかった。彼女の顔は紫色に鬱血していて、首にあざのような跡があった」

抑揚のない西の声が耳に響く。

「警察に通報した俺は、彼女の死を悲しむ間もないほど、長時間取り調べられた。後から思えば第一発見者だから疑われていたんだろう。司法解剖で彼女の死亡推定時刻が判明して、俺のアリバイが確認されたことで、ようやく解放された。彼女は俺が友人たちと飲んでいる間に事件に遭遇した。司法試験に合格した祝いで、浮かれて飲んでいる間に……」

「犯人は捕まったんですか？」

西が首を横に振る。

「十五年経った今も犯人は捕まっていない。さっき……家族ではないと言ったが、当時の俺にとっては家族と言っても差し支えない存在だった。母親を亡くしてから唯一の……」

その言葉から、将来を誓い合った関係だったのだろうと察した。険しい西の横顔を見つめながら暗澹《あんたん》となる。

凜子の父を殺した犯人はすぐに捕まり、すでに刑に服しているが、西はやり場のない怒りを今も抱えているのだろう。西が刑事弁護をあまりやりたがらない理由も、被疑者や被告人に対するぞんざいな言動も、今となっては理解できる。

「自分の手で犯人を捕まえたいという思いから、検察官ではなく警察官になったんですか」凜子は訊いた。

「もちろん、そういう思いはあった。だが、そもそも検察官になるという選択肢は俺の中には微塵《みじん》もなかった」

「どうしてですか？」

「子供の頃から嫌ってきた人間と同じ職には就きたくなかったっていうだけの話だ」

父親のことだろうと察したが、細川から口止めされているので黙っていた。

高校生のときに実家を出ていることといい、同じ法曹界でも弁護士を目指していたことといい、父親との間に確執があったのかもしれない。

「ちょっとしゃべりすぎたかな」西が苦笑する。「だけど、訊きたかったことにはだいたい答えただろう」

凜子は頷きながら、ここまで自分のことを話した西に意外な思いを抱いている。

「俺からもひとつ質問していいか」西がこちらを見つめて言う。

「何ですか？」

「どうして弁護士になったんだ」

シンプルだが答えるのがとても難しい質問だ。

どうしてそんなことを訊くのだろうと思いながら、西を見つめ返す。

「父親は持月《もちづき》譲《ゆずる》先生だろう」

はっとして目を見開く。

「どうして……細川先生からお聞きになったんですか？」

「いや、増田《ますだ》智樹《ともき》を逮捕したのは、当時俺が在籍していた大宮南警察署の刑事課だ」

西を見つめながら凜子は息を呑んだ。

「お父さんの事件をニュースで知って驚いた。逮捕された高嶋《たかしま》千里《ちさと》さんとは、被害者の母親として会ったことがあったから」

「事務所に入ったときから、私が持月譲の娘だと知っていたんですか？」

「もっと昔だ」

凜子は首をかしげた。

「高嶋さんの公判を傍聴した。傍聴していたおまえの鋭い眼差しを見て、被害者の娘さんだろうと思った。おまえが事務所に入ってからずっと頭の中がもやもやしている。どんなに考えても解けない難問を出されたみたいにな」

たしかに父親を殺された娘が時には犯罪者を擁護する立場の弁護士になるのは、普通では考えづらいことだろう。

西も自分と同じように大切な人を犯罪によって奪われた。仕事とはいえ、犯罪者の弁護をすることに迷いもあるのではないか。だから凜子がどういう心境でそんなことをしているのかが知りたいのだろう。

もしかしたらそれを聞きたいがために、わざわざ自分の過去や家庭の話をしたのかもしれない。おそらく西にとっては凜子に話す必要のない、いや、話したくないことだったのではないか。

刑事弁護をしていることに、自分の心の中でもまだ整理がついているとは言えない。それでも何も答えないわけにはいかないだろうと、凜子は口を開いた。

「父が殺されたのは、司法修習に入る一週間前のことでした。当時の私は何か強い目的があって法曹界を目指していたわけではなかったんです。父は弁護士で、兄と祖父は裁判官だったので何となく……という感じでした。でも、父の事件があってから、被疑者や被告人の罪を厳しく追及する検察官になることこそが自分の使命だと心に決めて、司法修習の場に向かいました」

きっと当時の自分の心境は、弁護士から警察官へと進路を変えた西のそれと似たものだったのだろう。

「司法修習も折り返しを迎えた頃に、高嶋さんの公判が始まって、私は傍聴することにしました。法廷で高嶋さんは自分が犯した罪を素直に認めていました。ただ、反省の気持ちは微塵もありませんでした。自分の息子を殺した犯人は当然憎いけど、犯人の罪を軽くするために無責任な主張を繰り返した父にも激しい怒りがこみ上げた末の犯行だったと語りました」

「増田の量刑はたしか懲役六年だったかな」

凜子は頷いた。検察の求刑は懲役十年だった。

「父は刑事事件ばかりを扱う、いわゆる人権派の弁護士として知られていました。私は以前、父に訊いたことがありました。世間で極悪人とされる人間を擁護することにためらいはないのか、と。父は少し考え込んでから『誰かがやらなければいけないから。それが私というだけだ』と答えました。世間からどんなことを言われようと、父は強い使命感と誇りを持って、その仕事をしていました。だけど法廷での高嶋さんの証言の数々はそんな父の思いを蹂躙《じゅうりん》するものでした。最後には父を殺したことを後悔していないし、父は殺されて当然のことをしたとまで言いました……」

「彼女の訴えを認めるわけにはいかない。そのために弁護士になったというわけか」

「そういうことになります。父がしてきたことは間違いではない。それを示すためには、私自身が弁護人として被疑者や被告人に寄り添うしかないと思ったんです」

こちらを見つめながら西が頷きかけてくる。

「話してくれてありがとう」

凛子に対して初めて向けられた感謝の言葉だった。

「でも、難問はまだ解けていないみたいですね」

表情を窺いながら凛子が言うと、「そうだな……」と西が認めた。

「弁護人は必要な仕事だと思っている。お父さんがしてきた刑事弁護も大切なことだと理解している。必ずしも罪を犯した者だけが逮捕され、法廷の場に立たされるとはかぎらないと、今の自分は思うから」

おそらく曙川事件のことを言っているのだろう。

「ただ、俺は彼女を殺した犯人の弁護をすることはできない。仮に犯人にどんな酌《く》むべき事情があったとしても、弁護するどころか許すこともできない。そんな俺がこの仕事を続けていくべきかどうか、その資格があるのかどうか……ずっと悩んでいた」

自分もそうだ。千里を赦《ゆる》すつもりでいると手紙には書いたが、それがどこまで本心なのか自分の心なのにわからない。今、彼女の弁護をしてくれと誰かに頼まれたとして、できる自信はない。

「……そろそろ行くか」

その声に我に返って目を向けると、西が出口に向かって歩いている。凜子はベンチから立ち上がり、西とともに公園を出た。

自動販売機のごみ箱に空のペットボトルを捨てて、蛍亭に向かう。店前の行列はなくなっていた。

引き戸を開けて店に入った西の表情が心なしか硬くなったように感じる。警察署の近くということで、かつての知り合いがいないかと気にしたのかもしれない。

「いらっしゃいませ。空いてる席にお座りください」

六つあるテーブル席の半分と、カウンター席に三人の客がいたが、どうやら知り合いはいなかったようで、緊張感を解いた顔で西が入り口近くのテーブル席に座る。西と向かい合わせに座ってメニューを見ていると、ピンク色のエプロンをした年配の女性がお茶を運んできた。

あまり食欲はなかったが、何も頼まないわけにはいかないので刺身定食を頼み、ご飯を少なめにしてもらった。西も同じものを注文すると、女性がカウンターの奥に引っ込む。

定食が運ばれてきて凜子たちは箸をつけた。ご飯を少なめにしてもらっても、お互いに食が進まない。食べ終えるまでにけっこう時間がかかり、時計を見るとすでに二時二十分近くになっていた。残っている客は凜子たちだけだ。

「お茶のお替りはいかがですか？」と、先ほどの女性が大きめの急須を持ってやってきた。

「すみません。お願いします。ランチタイムは二時までですよね」

「気にしなくていいですよ。ゆっくりしていってください」微笑みかけながらふたりの湯飲みにお茶を注ぐ。

「あの……少々お訊ねしたいことがあるんですが」

凜子が切り出すと、「何かしら？」と女性が訊く。

「垂水涼香さんという女性をご存じでしょうか」

女性が驚いたように身を引き、その拍子に西の湯飲みが倒れてお茶がテーブルにこぼれる。慌てたように西が席を立った。テーブルからお茶が垂れたようで、ズボンに染みがついている。

「ご……ごめんなさい。すぐにおしぼりを持ってきます」

狼狽したように女性がカウンターに向かう。すぐに戻ってきてズボンを拭こうとするが、「いえ、大丈夫です。自分でできますから」と西が言って女性の手からおしぼりを受け取り、自分で拭う。

「本当にごめんなさい」女性が何度も頭を下げる。

「いえ、こちらこそ驚かせてしまったみたいで、すみません。実は私たちはこういう者でして」

西が渡した名刺を見ていた女性が顔を上げて「弁護士さん？」と首をかしげた。だがすぐに何かに思い至ったように、「もしかして涼香ちゃんの？」と大きく目を見開く。

西が頷いて、こちらに顔を向けた。

「私はサポートですが、こちらにいる持月が垂水さんの弁護を担当しています」

「涼香ちゃんはどうしていますか！　元気にしているんでしょうか」女性が凜子を見て勢い込んで訊いてくる。

「体調を崩したりはしていませんが、ただ、昨年の十月からずっと勾留されたままの状態ですので、元気というわけには……」

「そうですか……」

「突然で申し訳なかったのですが、垂水さんのことでお話をお聞きしたくて伺いました。お忙しいようでしたら日時を改めますが」

「お昼の営業は終わっているので、私はかまいませんが」

「よかったらこちらにお座りください」

西がそう言いながら自分が座っていた席を勧めた。テーブルにこぼしたお茶はすでにきれいに拭いてある。女性が座ると、西が凜子の隣の席に移った。

「お名前をお聞かせいただいてもよろしいでしょうか」凜子は言った。

「久本悦子《ひさもとえつこ》といいます」

「前の同僚のかたから、垂水さんがこのお店を贔屓にしていたと聞きまして……女将さんに可愛がられていたようだと」

「そうですね。交番勤務のときも、刑事課に移ってからも、よく来てくれていました。本当に涼香ちゃんが人を殺してしまったというんでしょうか。どうしても信じられなくて……」悲痛な眼差しをこちらに向けて悦子が言う。

苦悶に歪《ゆが》んだ表情を見て、彼女にとって涼香がどのような存在なのかがわかった気がした。

これから彼女が辛くなることをたくさん話さなければならないだろう。

「垂水さんが人を死なせてしまったのは事実です」

胸の痛みに耐える覚悟をして声を発すると、目の前に座っていた悦子が「そうですか」と呟き、深くうなだれた。

「ただ……垂水さんは容疑を否認しています。相手の頭を酒瓶で殴ったのは事実だけど、それは相手に襲いかかられて抵抗するためだったと」

「テレビのニュースで観たんですけど、被害者の男性はホストクラブで働いていたかただと」

「ええ」

「涼香ちゃんがそういうお店に通っていたというのが、私にはちょっと信じられなくて……詳しくは知らないけど、ホストクラブっていうのは若い男性と一緒にお酒を飲むところでしょう。仲のいいご夫婦で、旦那さんも優しそうで素敵なかたなのに、どうしてホストクラブなんかに……」

「垂水さんのご主人にお会いになられたことがあるんですか?」

凜子が訊くと、悦子が頷いた。

「一度、ご家族でここに来てくれたことがありました。涼香ちゃんはここに来るとよく、家族の写真を私に見せてくれたんです。息子の響くんや旦那さんと一緒に撮った写真を。それで一度会ってみたいなって私が言ったら、連れてきてくれました。響くんは二歳って言ってたかな。共働きで、しかも涼香ちゃんはおまわりさんで勤務時間も不規則だから、子育てもなかなか大変だろうけど、お互いに協力し合っていて、本当に理想的な夫婦に見えました。ここに来てくれたときも、夫婦ふたりで甲斐甲斐しく響くんの面倒を見ていて、とても幸せそうでしたよ」

悦子の話を聞きながら、そのときの三人の光景が目に浮かぶようで胸が痛くなる。

「涼香ちゃんは近所でも評判のおまわりさんでした。誰にでも優しく丁寧に接して、交番勤務の傍ら、ひとり暮らしのお年寄りの家を訪ねて話し相手になってあげたり、勤務時間でないときでも困った人たちの相談に乗ってあげたりして。そういう私たちも以前すごくお世話になったことがあります」

「どのようなことでお世話になったんですか」

「孫が行方不明になったことがあったんです」

その言葉にぎょっとした。

「美羽《みう》っていう、当時中学二年生の孫なんですけどね。娘は美羽を生んで数年後に離婚してしまって、実家に出戻ってきてここの手伝いをしています。たしか四年ぐらい前だったか……私と主人がツアー旅行しているときに娘から電話があって、美羽の行方がわからないと早口でまくしたてられました。日曜日にひとりで出かけていってから連絡が取れないと。まだ夕方前の時間だったので、何をそんなに慌てているのかと思ったんですが、事情を聞いて私たちも狼狽《うろた》えました」

娘から『生きているのが辛い』というようなメールが届き、心配した母親がそれから何度も美羽のスマホに電話やメールをしたがまったく応答がなかったという。

「警察にも行って美羽からのメールを見せたそうなんですが、夜になっても戻ってこないようであればまた相談に来てくださいという、つれない対応だったそうです。私たちもツアーを中止してこちらに戻ることにしましたが、長崎にいたのですぐには娘と合流できません。私は居ても立ってもいられなくなって、涼香ちゃんに電話しました。涼香ちゃんは非番でしたが、旦那さんは仕事でいなくて、家で響くんの面倒をみていました。ただ、響くんをベビーシッターに預けて、すぐに小川北警察署に行って捜索してくれるよう掛け合って、それから娘と手分けして美羽を捜してくれました。美羽の同級生を訪ね回って行きそうな場所を聞いて、けっきょくその日の夜に、川越のゲームセンターにひとりでいる美羽を見つけてくれたんです」

美羽は学校でいじめに遭っていたことを苦にしていたという。明日も学校に行かなければならないと考えるとどうにも気持ちがふさぎ、母親にメールを送ってから当てもなく川越の街を徘徊していたそうだ。

「それから涼香ちゃんは、美羽の悩みを親身になって聞いてあげたようです。死ぬなんて考えてはだめだと美羽を優しく諭してくれました」

悦子の話を聞きながら、以前葉山文乃がしていた話を思い出した。

俊太郎を誘拐した犯人が逮捕されて捜査本部が解散してからも、悲嘆に暮れて自責の念に苦しめられている文乃を涼香は励まし続けていた。

「いじめが原因なのか、美羽はそれから不登校になってしまって、涼香ちゃんはずっと気にかけてくれていました。そんな涼香ちゃんを美羽も慕っていました。もちろん娘も彼女のことを信頼していました。だから、ふたりとも今回の事件を知って……」

悦子が辛そうに顔を伏せる。「彼女が訴えていることが事実ですよね。涼香ちゃんが人を……あんなに優しい子がそんなことをするわけありませんよね……」

自分に言い聞かせるように呟く悦子を見つめながら、なかなか話しかけられずにいると、隣から西の声が聞こえた。

「それを確かめたくて、垂水さんのことをご存じのかたがたからお話を聞いています。垂水さんから仕事の話などは聞いたりしませんでしたか？」

西の問いかけに、悦子が顔を上げて首をひねる。

「仕事の話ですか？」

「ええ。例えば自分が関わった事件の捜査や、捕まえた犯人のことなどについて」

「いえ……交番勤務で接するおじいちゃんやおばあちゃんの話などはすることがありましたけど、事件の捜査や犯人の話などは聞いたことがありません。ここには警察のかたがけっこうお見えになられますけど、涼香ちゃんにかぎらず皆さん仕事の話はほとんどしません」

「そうですか。あの事件が起きる前に垂水さんがこちらにいらしたと聞きましたが」

「はい。事件の二日前の夜に、ふらっとひとりで来ました」

その言葉を聞いて、思わず西に目を向けた。

「小川北警察署から異動された後もこちらには来ていたんですか?」悦子に視線を戻して西が訊く。

「異動してから来たのは初めてですね。新しい職場の毛呂も、自宅がある小手指も、ここからけっこう距離があるので。ひさしぶりに顔を見られて嬉しかったです」

「そのとき、垂水さんの口から加納という名前を聞きませんでしたか?」

「加納……って。もしかしてあの事件の被害者の?」

西が頷く。

「いえ……聞いていません」

「その日に垂水さんがどんなことを話されたのか、できるかぎり詳しく聞かせていただきたいんですが。それから彼女に関して何か気になったり、以前と変わっているようなことがありましたら、それもぜひ」

「あの日はけっこう混んでいたので、店に来てからしばらく涼香ちゃんと話はできなかったんです。涼香ちゃんは日本酒を頼んでカウンターで飲んでいました。変わったことといったら、まずそれでしょうか」

「と、いいますと？」

「日本酒を頼むのは初めてですから。あまりお酒に強くないのか、ここではビールかサワーぐらいしか飲んでるのを見たことがありませんでした。なんだか思い詰めた感じがしたので、お客さんが少し引けたときに『何か嫌なことでもあったの？』と話しかけました」そのときのことを思い出そうとするように、悦子が宙に視線をさまよわせる。

「それで？」

西が先を促すと、悦子が視線をこちらに戻して口を開く。

「『これから嫌なことがあるんです』と……」

「嫌なこと……それはどんなことでしょうか？」凜子は訊いた。

「私も訊きましたが答えてくれませんでした。ただその後、『だから勇気をもらいたくてここに来ました』って弱々しく笑いながら言いました」

悦子を見つめながら、その言葉の意味を考えた。

「何のための勇気をもらいたかったのかも、お話しされませんでしたか？」

悦子が頷く。

「ただ、何となく想像がつきました。おそらく旦那さんとの離婚を考えているのだろうと」

「どうしてそう思われたんですか？」

「ひとりで物思いにふけるように飲んでいるうちに、左手の指輪を外してどこかにしまいましたから。自分からは口にしづらいけど、おそらく私に察してほしかったんじゃないかと思って」

「久本さんはそのことについて何か話されましたか」

「どんな決断をするにしても、響くんのことを第一に考えるように言いました」

どういう意味だろう。両親が離婚したら天国にいる響が悲しむということだろうか。

「両親が離婚してずいぶんと悲しい思いをした美羽を間近で見ていましたから、響くんにはそういう思いをさせないでほしいと。響くんも小学校に入って多感な時期なのでね」

凜子は首をひねった。

「あの……響くんは亡くなっていますが」

凜子が言うと、悦子が驚いたように目を見開き、「どうして!?」と身を乗り出してくる。

「急性硬膜下血腫《きゅうせいこうまくかけっしゅ》という病気で」

「そんな……」悦子が悲痛そうに口もとを手で押さえる。「私ったら何てことを言ってしまったんでしょう……会わない間に響くんが亡くなっていたとは知らず……」

「いえ、響くんが亡くなったのは四年以上前です」

「四年以上前？」悦子が訝しそうな目でこちらを見る。

「ええ、二〇一四年の十月に。お聞きになってなかったですか？」

「そんなこと一言も……ただ、言われてみればある時期から写真を見せなくなったし、響くんのことを訊いてもあまり話さなくなりました。でもどうして……そんな大事なことを話してくれなかったんだろう……」

凜子も不思議に思いながら、西と顔を見合わせる。

不可解そうに考え込んでいた西が何かに思い至ったように、はっと悦子を見た。

「美羽ちゃんが行方不明になった日はわかりますか？」

西の勢いに気圧されたように、悦子が少し身を引いた。

「思い出してください！」

さらに西に迫られ、「ちょ……ちょっとお待ちください」と悦子が立ち上がった。

「二階の自宅に行けばわかると思いますので」と言って店を出ていく。

「いったいどうしたんですか」西の横顔を見つめながら凜子は言った。

「いや……ちょっと待ってくれ」

そう言ったきり西は押し黙った。しばらく無言で待っていると、悦子が店に戻ってきて、テーブルの上に写真を置きながら向かいに座った。

ツアーの集合写真で、『長崎、グラバー園にて』と書いてある。日付は二〇一四年十月二十六日とある。

「この集合写真を撮った後に娘から電話があったので、この日ですが……」写真を指さしながら悦子が戸惑ったような顔になる。

「ありがとうございます。とりあえず今日はこれで失礼させていただきますが、またあらためてお話を聞かせてください」西が勝手にそう言って立ち上がる。

しかたなく凜子も立ち上がって悦子に礼をすると、西に急き立てられるようにして店を出た。来た道を戻る西についていく。

「いったい何なんですか。ちゃんと話してくださいよ」

背中に向けて抗議すると、西が立ち止まってこちらに顔を向けた。険しい眼差しで見つめられ、怯みそうになる。

「二〇一四年の十月二十六日と聞いて何か思うことはないか？」

西に問いかけられたが、わからない。

「響くんの命日だ」

その言葉を聞いて、はっとする。

「これから川越に行こう」西がそう言って歩き出す。

「大宅先生のところですか？」

川越と聞いて行き先に思い当たるのは、加納の弁護をした大宅の事務所しかない。

「大宅先生に会って何を訊くんですか？」答えてくれないだろうと思いながらも凜子は一応訊いた。

「すべての点がつながったらきちんと話す」


志木駅に降り立つと、凜子と西は近くにある大型スーパーに向かった。

「まだ七時前ですけど」

少し窘《たしな》めるような凜子の言葉に、こちらに目を向けた西が「一分だけ時間をもらえればいい」と返した。

西にしては珍しく、気持ちが先走っている様子が窺える。いったい西はどんなことに思い至ったというのだろう。この場になっても自分には皆目見当がつかない。

スーパーに入り、一階のフロアを巡った。文乃から伝えられたクリーニング店の看板が目に留まり、そちらに近づいていく。

川越にある氷川《ひかわ》法律事務所を出ると、西が文乃に連絡を取ってくれと言ってきた。これからすぐにでも会いたいということで文乃に連絡すると、この後パートがあるので夜の八時過ぎまで難しいと言われた。八時過ぎにスーパーのフードコートで待ち合わせの約束をしたが、西は少しだけ話せればいいから直接パート先を訪ねようと言い出して聞かなかった。

自動ドア越しに、カウンターの奥に立って接客をしている文乃の姿が見えた。

西に続いて店に入っていくと、こちらに目を向けた文乃が少し驚いた顔をした。すぐに表情を戻して接客を続ける。文乃からクリーニングされた衣類を受け取って客が店を出ていく。

「お仕事場まで押しかけて申し訳ありません」西が恐縮しながら文乃に近づく。

「いえ……ただ仕事中ですのであまり……」

「一分だけいただければ結構です」文乃の言葉を遮るように西が言う。

文乃が頷くと、西がポケットからスマホを取り出して操作する。「これを見ていただきたいのですが」と文乃の前に置く。

氷川法律事務所で撮らせてもらった写真だ。西は大宅と対面すると、すぐに以前見せてもらった資料にある、加納が捕まるきっかけになった証拠品を写真に収めさせてほしいと頼んだ。

「以前、葉山さんがご覧になられたという垂水さんが大切そうに持っていた音楽プレーヤーは、これと同じ物でしょうか」

西が訊くと、文乃がスマホの画面に顔を近づける。食い入るようにしばらく見つめ、顔を上げて頷いた。

「そうです。これとまったく同じタイプのものです」

文乃を見つめながら、西が大きな溜め息を漏らした。

「この音楽プレーヤーは垂水さんのものですか？」文乃が西に問いかける。

「いえ」

「では、これは……」

「いずれお話しできると思います。お忙しいところ、ありがとうございました」

文乃に頭を下げて西が踵《きびす》を返した。凜子も礼を言って、店を出ていった西の後を追う。無言のままフードコートに入り、空いていた席に向かい合わせに座る。

「すべての点がつながったんですね」

確信を持って言うと、西が頷いた。

「聞かせてください」前のめりになって凜子は言った。

「ひとつ条件がある」

「何ですか？」

「馬鹿馬鹿しい話だと笑わないでほしい」

何と答えていいかわからず、黙っていた。

「俺自身、突拍子もない話だと思ってる」

「わかりました」

「まずどこから話せばいいだろうか……」西が考え込むように顔を伏せて唸る。

急かすことはせずにしばらく待っていると、ようやく西が顔を上げた。

「加納さんの窃盗事件は冤罪だったんじゃないだろうか」

西を見つめ返しながら、凛子は首をかしげた。どうしてそんなことが言えるのかがわからない。

「どういうことですか？」

「垂水さんが、ある目的を持って冤罪を作り出したんだ」

西の言葉に、凛子は息を呑んだ。

33

改札の外で待っていると、西がこちらに向かってくるのが見えた。西に目配せされ、そのままふたりで浦和駅を出ていく。さいたま拘置支所に向かう道を歩きながら、持月凛子は昨日西が語ったことを頭の中で反芻《はんすう》した。

初めて聞いたときには、あまりにも突飛な話にただただ呆然《ぼうぜん》とするしかなかったが、何度もその可能性について思いを巡らせているうちに、自分の中で真実味が濃くなっていく。

少なくとも、それらがもし真実であるとすれば、今まで涼香に対して抱いた数々の違和感や疑念がすべて腑に落ちるのだ。

拘置支所に入ると凜子は一般面会用の書類を書いて西とともに面会の待合室で待った。西はもう涼香の弁護人ではないからだ。職員に呼ばれて凜子たちはベンチから立ち上がった。

とりあえず西と会うことに涼香は同意してくれたようだと安堵しながら部屋に入り、アクリル板の前に座って待つ。しばらくすると奥のドアが開き、刑務官とともに涼香が入ってきた。

「こんにちは」

凜子が声をかけると、涼香が目の前で立ち止まり、こちらを睨みつける。

「いったいどういうつもりでしょうか」

涼香の険しい口調に、凜子は怯んで少し身を引いた。

「どうして解任した西さんを連れてきてるんです」

「垂水さん、少しだけでいいので西の話を……」

「このような真似をされるなら持月先生も信用できないので解任させていただきま

す」凛子の言葉を遮るように涼香が言った。「それだけ言いたかったので」

涼香が踵を返してドアに向かう。

「待ってください！」と西の叫び声が響き、びくっとしたように涼香がドアの手前で足を止めた。隣に目を向けると、椅子から立ち上がった西が涼香の背中をじっと見据《みす》えている。

「五分だけでいいから、話を聞いてもらえませんか」

西が訴えかけるが、涼香はこちらに背を向けたまま立ちすくんでいる。

「五分だけでいいんです。俺……いや、私の思いを伝えさせてください。どうか……お願いします」西が涼香の背中に向けて深々と頭を下げる。

しばしの沈黙が流れ、涼香がこちらのほうを向いた。

「五分経ったらすぐに出ていってください」

硬い表情で涼香が言うと、こちらにやってきて目の前に座った。刑務官も涼香の後方の椅子に腰を下ろす。

顔を上げて西が涼香と向かい合うように座った。視線は、能面のように感情を窺わせない涼香の顔を、しっかりと捉えている。

「初めてお会いしたときに、私が言った言葉を覚えているでしょうか」

西が穏やかな口調で問いかける。涼香はじっと西を見つめ返しながら何も反応しない。

「これから私たちには真実のみを話してください、と言いました。仮に相手に非があったとしても被害者は亡くなっている。加納さんはもうこの世で何も訴えることができない。だからあなたには真実を語る責務があると。真実を語ってくれるのであれば、私はそのうえであなたの弁護を尽くします、と」

その言葉を聞きながら、初めて西が涼香の接見に来たときのことを思い出す。四ヵ月ほど前のことだが、あの頃抱いていた事件の見立てや、涼香への思いが大きく覆っている。

「ただ、あなたはそうしてはくれなかった」

断定的な西の言葉に、涼香の眉間に険が浮かぶ。

「私たちに真実を述べてくれなかった。その理由も今ならわかります。私たちの推測が正しいのだとしたら」

涼香の口もとがかすかに歪んだ。動揺を隠すように西から視線をそらして顔を伏せる。

「あなたは自分の保身のために真実を隠していたわけではない。切実な事情があったから、そうせざるをえなかったのだと私は思っています」

「いったい何を言ってるんでしょうか……」

アクリル板越しに呟き声が聞こえ、涼香が顔を上げた。

「あなたの言っていることの意味がまったくわからないんですが。もう帰ってもらえないでしょうか」

「わかりました。私はもう帰ります」西がこちらに目配せして立ち上がった。

これ以上核心に迫って涼香を頑なにさせると、凜子まで帰らされてしまうと思ったからにちがいない。

「最後にひとつだけ言わせてください。私はもう一度あなたの弁護がしたい。今は心からそう思っているんです」

西は涼香に向けて言い、あとは頼むというように凜子の肩を強く叩いてドアに向かった。

ドアが閉まると、凜子は涼香の後方にいる刑務官に目を向けた。

「申請した通り、引き続き弁護人接見をお願いしたいのですが」

「わかりました。では一度部屋を出て待合室でお待ちください」

刑務官の言葉に従って、凜子は部屋を出た。しばらく待っていると刑務官に促され、先ほどとは違う部屋に入る。椅子に座ってすぐに奥のドアが開き、今度は涼香がひとりで入ってくる。

椅子に座った涼香は顔を上げていたが、こちらに視線を合わせていない。アクリル板のこちら側にある虚空を見つめているようだ。

すべては自分のこれからの言葉に懸かっている。涼香が頑なに閉ざしている心の扉を何としても開けたい。

「時間の無駄になるおしゃべりなら、持月先生にもお帰りいただきたいんですが」抑揚のない口調で涼香が言った。

「昨日……小川町にある蛍亭に行ってきました」

凜子が切り出すと、驚いたように涼香が視線を合わせた。

「久本さんとお話ししてきました。垂水さんのことをずいぶん心配されてました」

「そうですか……」感情のこもらない呟きで応える。

「家族ぐるみのお付き合いだったようですね。ご主人や響くんをお店に連れていったり、久本さんのお孫さんの美羽ちゃんが行方不明になったときには、お母さんと一緒に捜してあげたりして」

涼香は何も言わない。ただ、探るような眼差しでこちらを見つめ返す。

「どうして久本さんたちに響くんが亡くなったことを話さなかったんですか？」

核心をついたが、涼香は表情を変えない。

「そんなに不思議なことでしょうか。ちょっと馴染みの店の人たちに、いちいち身内の不幸を話さないことぐらいが」

凜子も西もそうは思わない。しかも響が亡くなった当日に、涼香はベビーシッターに子供を託して美羽を捜していたのだ。

そのことが重要なピースになったと、西は話していた。今までに知りえた様々な事柄や、想像した事柄が、そのピースによって結びつき始めたのだと。そしてひとつの大きな画《え》が浮かび上がってきた。残ったピースは窃盗事件の証拠となった音楽プレーヤーだ。

「垂水さんが大切そうに持ち歩いていた音楽プレーヤー……あれは捨てたのではなく、切実な願いを込めて置いたのですね。永山貢《ながやまみつぐ》さんのお宅に」

凜子の言葉に反応したように、涼香がぎょっとした顔で身を引いた。

「さっきから何をわけのわからないことを言ってるの！　もう、いい加減にしてください！」憤然とした様子で涼香が椅子から立ち上がる。

やはりそうだと、確信した。取り乱しているのが何よりの証拠だ。

「垂水さん、待ってください！」

凜子も席を立って、ドアのほうに向かう涼香に叫んだ。

「本当のことを話してください。俊太郎くんの事件については何も心配しなくていいんです！」

ドアの前で涼香の動きがぴたっと止まった。

「先日、小川北警察署の草間さんにお会いしていろいろと話を聞きました。ミニカーだけではなく、林哲成《はやしてつなり》が逮捕された八ヵ月後に決定的な証拠が出てきたそうです」

涼香がゆっくりとこちらを向く。信じられないというように口を半開きにしている。

毛呂警察署に異動になった後のことだから、涼香はその新しい証拠については知らされていなかったのだろう。

「ほ……本当なんですか？」感情の伴った口調に聞こえた。

「本当です。どのような証拠であるかは教えてもらえませんでしたが。ですから、垂水さんが真実を話したとしても、それで裁判の進行が変わることはないと思われます。だから、お願いします。本当のことを話してください」

それでも涼香はドアの前から離れず、口も開かない。ただ、心の中で逡巡しているのが手に取るようにわかった。あと一押しだ。

「先ほど西弁護士が話した思いと、私も同じ気持ちです。垂水さんには真実を語る責務があると思います。亡くなった者は、もうこの世で何も訴えることができません。亡くなったのは加納さんだけではない……」

凛子は上着のポケットから写真を取り出した。響の写真をアクリル板に向けてかざす。

「響くんの無念をわずかばかりであっても晴らすために、あなたは本当のことを話さなければならないんです。違いますか？」

両目を涙で潤ませながら、涼香がこちらに近づいてきた。「響……響……」と涙声で呟きながら、凛子が持った写真に触れようと手を伸ばしてくる。

アクリル板に掌をつけた瞬間、涼香が崩れるように身体を折った。「ごめんなさい……響……ごめんなさい……」と嗚咽を漏らす。

「美羽ちゃんを捜すために響くんを預けたベビーシッターは加納さんじゃないですか？」

涼香が顔を上げた。しばしの間の後、「そうです」と両目を真っ赤に腫らして頷く。

「本当のことを話していただけますか」

凛子が問いかけると、涼香が小さく頷いて向かいの席に座る。

「それではまず……二〇一四年の十月二十六日のことについて聞かせてください。美羽ちゃんの行方がわからなくなった日です」

涼香が目を閉じて顔を少し伏せた。

人生の中で最も辛かったであろう一日を思い返しているのかもしれない。

「……あの日は非番で……輝久さんを送り出してから、私は響とふたりで過ごしていました……」

涼香が顔を上げた。こちらを見つめる眼差しに迷いは感じられない。

「二時頃に久本さんから連絡をいただいて、美羽ちゃんのお母さんの薫《かおる》さんと一緒に彼女を捜すことにしましたが、響と一緒では難しいと思いました。輝久さんは仕事に出ていて、いつもお世話になっている保育園は日曜日で休みです。母も入院中だったので……何人かの友人に響を預かってもらえないかと連絡しましたが、無理でした。やはり一緒に捜すことはできないと薫さんに連絡しかけたときに、ある友人の言葉を思い出したんです。その友人は何度かネットでベビーシッターを頼んだことがあるということで……それでネットで調べて小川聖《おがわさとし》という男性に頼むことにしました。それが……加納です」

偽名を使ってベビーシッターをしていたのだろう。趣味と実益を兼ねたバイトを。

「預けたときの響くんの様子は？」

「いたって元気でした。小手指駅の改札で加納に預けたときも、笑顔で私に手を振って……ただ、美羽ちゃんを見つけて同じ駅の改札で受け取ったときはあの人に抱きかかえられて眠っていました。預けてからずっとはしゃいでいたそうで、それで疲れたのだろうとしか思わず、響を抱いて家に戻りました。でも、それからしばらくして響は嘔吐《おうと》してしまい、呼びかけても反応しなくて、救急車を呼びました。そして……」

辛そうに涼香が言葉を詰まらせる。

その日の午後十一時四十八分に響は亡くなった。

「家に戻ってから、響くんが頭を打ったということはありませんでしたか？」凜子は訊いた。

「いえ……」涼香が弱々しく首を横に振る。「家に戻ってからずっとベッドで寝ていたので、どこかに頭を激しくぶつけるようなことはなかったと思います」

「警察にベビーシッターのことを通報しようとは思わなかったんですか」

凜子が問いかけると、こちらを見つめながら涼香がふたたび重い溜め息を漏らした。

「正直言って、すごく悩みました。あのベビーシッターのせいで響が亡くなったという確固たる証拠がなかったですし、何より……」そこで言いよどむ。

「美羽ちゃんや蛍亭の人たちのことが心配だったからですか？」

「そうですね……美羽ちゃんは自分のことをひどく悲観していましたから。もし、自分を捜したことが原因で響が亡くなってしまったと知ったら……」

本当に自殺しかねないと考えたのだろう。だから悦子たちに響が亡くなったことを話せなかったのだ。

「あの音楽プレーヤーは響くんが持っていたんですか？」

「ええ……響が亡くなった後に、ズボンのポケットに入っていたのに気づきました。

あの人が持っていた物だと思った瞬間、保存しなくてはならないと思って、自分の指紋をつけないよう気をつけながらビニール袋に入れました」

「その時点では警察の捜査に委ねることも考えていたんですか？」

「そのときはまだ迷っていましたので……一応、念のためにと……。響の葬儀が終わった後、ビニールの上から音楽プレーヤーを再生してみました。聴いたことのない曲がいくつか入っていて、それとは別に泣き声が録音されていました」

「響くんの泣き声ですか？」

「はっきりとはわかりません。ただ、子供の泣き声でした」涼香の眼差しが険しくなる。「……しかも、ひとりやふたりではなく何人かの違う子供の泣き声が、いくつかのファイルにそれぞれ収められていました。それを聞いて、事件として警察に訴えるかどうかはともかく、あの男と話したいと強く思いました。ここに収められている子供たちの泣き声はいったい何なのか。響とふたりでいる間にいったい何があったのか。ただ、メールをしてもあの男とは連絡が取れなくなっていました」

「どうして二年以上経ってから、音楽プレーヤーをあのような形で使おうと思ったんですか？」

「きっかけは葉山文乃さんと知り合ったことです。事件のことはご存じでしょうか」

涼香に訊かれ、凛子は頷いた。

「俊太郎くんの事件は被疑者が捕まり、いずれ全容が解明されるでしょう。そして裁かれます。ただ、響の件は何もわからないままです。このままで本当にいいのだろうかという気持ちが湧き上がってきました。ただ、だからといって、いまさら輝久さんに本当のことを話して、警察に捜査をお願いするという勇気は持てませんでした。それに響が亡くなってから時間が経っていますし、死亡との因果関係を立証するのは難しいでしょうから、警察もどれだけ捜査してくれるかわかりません。音楽プレーヤーの持ち主に前科や前歴がなければ、まったく意味がないことは重々承知していましたが、藁《わら》にも縋《すが》る思いで……保存されていた子供の泣き声を消去した音楽プレーヤーを窃盗事件の被害者宅に置きました」

そして容疑者として加納が浮上し、逮捕された。捜査に携わっていた涼香は加納の個人情報を知ることができただろう。

「垂水さんのほうから加納さんに接触したんですね」

「そうです。よく駅前でキャッチしているのを見かけましたので、さりげなく近づいて客になりました」

「どうして加納さんに近づいたんですか？」

「加納の人間性を知りたかったんです。亡くなった日に響に何をしたのかと問い詰めても、本当のことを言うわけはないと思いました。だから加納がどういう人間なのかをまず知りたいと思いました。加納は響の件の前にも、子供を傷つける行為をして逮捕されました。かつて自分が傷つけた子供たちにどのような思いを抱いているのかを知りたくて、ある日私は子供の話を振ってみました。実は、自分の子供は数年前に事故で亡くなり、その原因を作った人を今でも憎んでいると……亡くなっていないまでも、子供に危害を加えるようなことをする人間も許せないと、そんな人間はいつか何らかの形で報いを受けるだろうと話しました。わずかであっても、その表情に反省の気持ちが窺えたら、ほんの少しは救われるのではないかと思いましたが、加納はまるで興味がないといった様子でした」

そのときの会話から加納は涼香に疑念を持ち、バンド仲間の大隅に尾行させたのだろう。

「事件の四日前……ホストクラブがあるビルの外まで見送りに出た加納に言われました。『ふたりだけで大切な話がしたいから、今度の非番のときに部屋に来てよ』と。その言葉と、薄笑いを浮かべる加納の表情から、私の身元や職業がバレてしまったのだろうと察しました。それに、私が窃盗事件の証拠を捏造したことも……それでふたりで会う決心をつけました」

「ニセコの旅行を予約しようとしたのはどうしてですか？」

「加納から響が亡くなるに至った真実を聞き出したら、主人に本当の話をしようと思いました。おそらくそんな話を聞かされたら私に失望して離婚を切り出すでしょう。だから最後に主人が行きたがっていた場所でその話をしようと……」

「スーパーで缶ジュースを買ったのはどうしてですか？」

「護身用にしようと思いました」

意味がわからず、凜子は首をひねった。

「部屋に来いと言われていたので……いざとなったら缶を入れた袋を振り回そうと。ただ、会ってすぐに加納から取り上げられてしまって……」

「そうですか。加納さんの部屋に入ってからのことを聞かせてください」

凜子が言うと、記憶を手繰《たぐ》るように涼香が少し視線を上げる。

「部屋に入ると加納がすぐに『座ったら？』とローテーブルの奥を指さしましたが、私は座らずに立ったまま話をすることにしました」

「警戒していたんですね？」

「そうですね。いくら武道の心得があるといっても、座ってしまったら思うように動けなくなってしまうので。『大切な話って何？』と私が言うと、『そんなことわかってんだろ！』と加納の態度が豹変しました。それから『どうして俺を嵌めた。俺が逮捕された窃盗事件で、証拠品の音楽プレーヤーをあの家に置いたのはおまえだろう』とまくしたててきました。私はそのことを認めて、どうしてそんなことをしたかわかるかと加納に問いました。『そんなこと知るか』と加納が言ったので、私は預けたその日に響が亡くなったことを話しました」

「加納さんは何と？」

「響に暴力を振るったのは認めましたが、亡くなったことには関係ないと開き直っていました。加納はせっかくのバンドのデビューが私のせいで台無しになった、いずれ金を搾り取ってやるけどとりあえず謝れ、俺の前に跪いて詫びろと迫り……そんな押し問答の末に加納がナイフを取り出して私に襲いかかってきたんです。ベッドに押し倒され、ナイフを突きつけられながら、もう片方の手で首を絞められ……」

「それで近くにあった酒瓶を加納さんの頭に叩きつけた？」

「ええ……加納は完全に正気を失っていて、そのままでは本当に殺されてしまうと思ったので。酒瓶を叩きつけた瞬間、『痛《い》てっ！』という声とともに、加納はベッドから床に後ろ向きに落ちました。私はすぐに立ち上がって、とりあえず加納の手からナイフを奪い取りました……」

「今までのお話ですと、酒瓶で殴ったときに加納さんが自分からナイフを離したということでしたが……」

「いえ、私が加納の手からナイフを取りました」

「いくら殴った後とはいえ、加納さんの手からナイフを取るのは怖くありませんでしたか？」

「動いていなかったので」

凜子は絶句した。

「今までは、痛いと叫びながら加納が床を転がり回っていたと話していましたが……本当は仰向けに倒れたまま動いていませんでした」

「その時点で亡くなっていたということですか？」

涼香が頷く。

「ナイフを奪ってからしばらく経っても、ぴくりとも動かないので、心配になって……確認しました。呼吸をしていませんでしたし、脈もありませんでした」

涼香が重い溜め息を漏らし、顔を伏せる。

「それから垂水さんは？」

ゆっくりと涼香が顔を上げた。

「冷静になろうと努めました。とりあえず警察に通報しなければならないと思いましたが、それまで起きたことを正直に話すわけにはいきません。私が窃盗事件の証拠を捏造したと知られたら、俊太郎くんの裁判に影響が出るかもしれませんから」

窃盗事件のときと同様、俊太郎の誘拐殺人事件の際にも、涼香が証拠品のミニカーを発見している。その証拠も捏造した可能性を指摘され、被疑者として捕まった林が無罪になるかもしれないと涼香は考えたのだろう。

「でも、私が加納を死なせたのが判明するのも時間の問題だと思いました。いずれ私は警察に捕まる。どうすれば加納との本当の関係を隠したうえで、ここで加納に襲われた状況にできるかと考えました。それで性的暴行を受けたと装うことにして、ブラウスのボタンを二つか三つ外し、ナイフとバッグとコートを持って部屋を出ました。そして駅に向かいました」

「向かいにあるマンションの住人が、垂水さんが出てきた後、部屋に戻っていったと話していますが、それは……」

「部屋を出て少し歩いたときに、先ほどの加納の言葉を思い出してある可能性を考えたんです。『いずれ金を搾り取ってやるけど』という言葉から、それまでの会話を録音されていたのではないかと思ったんです。それで部屋に戻って調べました。思っていた通りベッドの隙間に音楽プレーヤーが入れてあって、録音中と表示が出ていました」

「その音楽プレーヤーはどうされたんですか」思わず身を乗り出して凜子は訊いた。

ふたりの会話や涼香が襲われていたときの状況の音声が残されていれば、それまでの供述を立証する大きな証拠になるかもしれない。

「録音されたものを消去して、元の場所に戻しました」

涼香の言葉を聞きながら落胆した。

「今お話ししたことが真実です。おふたりとも必死に弁護活動をしてくださっていたというのに、ずっと騙していて、ごめんなさい……」涼香が深々と頭を下げる。

「これらのお話をお母様とご主人にしてもいいですか？」

涼香が顔を上げて頷く。

「ごめんなさいと私が言っていたと、ふたりに伝えてもらえますか？」

「わかりました。あとひとつお訊きしたいのは、西弁護士のことです。先ほどまで垂水さんが語られたことを推測したのは西弁護士なんです。口も態度もよくないところがありますが、弁護人としては優秀なのではないかと思います。ふたたび弁護人に加えてもいいでしょうか」

「西先生がいいと言ってくださるなら……よろしくお願いしますとお伝えください」

「取り急ぎ、西弁護士に報告したいので、今日の接見はこれで終わりにします」

凛子は接見室を出ると廊下を進んだ。ベンチに座っていた西がこちらに視線を向ける。

「どうだった？」

「だいたい西さんが言っていた通りでした」

凛子は西の隣に腰を下ろし、涼香から聞いた話を詳しく話した。

一通り話し終えると、ずっと膝のあたりを見つめていた西が顔を上げた。

「垂水さんは本当のことを話していそうだったか？」

西に確認され、「私はそう思いました」と答える。

「垂水さんは、西さんにまた弁護をお願いしたいと言っていました」

凜子が言うと、そうなるとわかっていたというように西が「そうか」とだけ返した。

「音楽プレーヤーの録音が残っていればな……」

自分と同様に西も悔しそうだ。

「いずれにしてもここまで主張を変えたら、検察官も裁判官もひっくり返るかもしれないな」

「ひとつ思うんですが……」

そこで口を閉ざすと、何だと西が目で訴えかけてくる。

「これが真実だとしても、この主張に変えることが垂水さんの利益になるんでしょうか」

西の推測を聞かされたときから感じていたことだ。

「どういうことだ？」

「検察が見立てていた事件の経緯や動機を大きく崩せるのは成果だと思いますが、垂水さんが加納さんを死なせてしまった事実自体は変わりません。検察は殺人の起訴を維持することが可能です。そのときは、垂水さんは加納さんによって響くんを奪われた、少なくとも垂水さんはそう思っていた、という事実があきらかになることで、むしろ垂水さんに強い殺害の動機があったという主張を許す結果になりませんか」

「当然あり得るだろうな……」

「そうすることが、垂水さんにとって本当にいいことなんでしょうか」

「とりあえず、垂水さんのお母さんとご主人に連絡を取ってみよう。ふたりに垂水さんがした話をするんだ」西がそう言いながら立ち上がる。

凜子の質問には答えないまま、西が廊下を歩いていく。

「ちょっと……」

不満げに凜子が声をかけると、西が立ち止まってこちらを向いた。

「真実を話してくれたなら、そのうえで彼女を弁護するだけだ」西が出口に向かって歩き出す。

西の背中を見つめながら凜子はひとつ頷き、後を追った。

## 34

「日向、ちょっと来てくれ」

小出の声が聞こえ、日向清一郎は椅子から立ち上がった。席の前まで行っても、小出は手に持った紙束を見つめたままだ。

「どうしたんですか」

清一郎が声をかけると、ようやく小出が顔を上げた。いつになく険しい表情をしている。

「さっき、管理官宛に菅原検事から送られてきた。弁護側がこんな主張をしてきていると」小出が紙束をこちらに差し出す。

菅原検事から送られてきたということは垂水涼香の件だろう。

清一郎は紙束を受け取り、目を向けた。文字を目で追っていくうちに動悸《どうき》が激しくなる。

何なんだ、これは――

これまで警察や検察の取り調べで垂水が供述したことはすべて嘘だったと書かれている。

書類を見つめながら、脳裏に大輔の姿が浮かび上がる。

これが、おまえが近づこうとしていた真実だというのか――？

「どうだ？」

その声に我に返り、書類から小出に視線を移した。

「どう……と、言われましても……管理官と菅原検事は何と言ってるんですか？」清一郎は訊き返した。

「苦し紛れの嘘だと相手にしてない。だが、さすがにここまで話が飛躍するとちょっとは気になるんだろう。軽く調べてくれと頼まれた」

「わかりました」清一郎は頷いた。

「それから、西がふたたび垂水の弁護に就くことになったそうだ」

その言葉に心臓が波打つ。やはり大輔が導いた供述というわけか。

書類を持ったまま清一郎はその場を離れた。まっすぐ横川《よこかわ》の席に行く。

「ちょっといいか」

声をかけると、机に向かっていた横川がこちらに顔を向ける。

「これを読んでくれ」

清一郎が差し出した書類を受け取り、横川が目を通していく。見る見るうちに呆けた顔になる。おそらく自分も先ほどはそういう顔をしていたのだろう。

「何なんですか、これは？」呆気にとられたような顔を向けて横川が訊く。

「見ての通り、垂水の新しい供述だ。これを頭に入れたうえで、捜査資料を洗い直す」

清一郎は横川を促して部屋を出た。ふたりで資料室に行き、捜査資料のコピーが入った段ボール箱をひとつずつ持って自席に戻る。机に向かって座ると、箱から取り出した捜査資料に目を通していく。

先ほど読んだ垂水の供述を頭の中でなぞりながら捜査資料を読んでいるうちに、ある言葉を思い出した。

私が被害者の親なら、犯人が生きていることなど考えたくもない——

葉山俊太郎の誘拐事件の被疑者を逮捕して特別捜査本部を解散する夜、署内で行ったささやかな打ち上げの席で垂水が発した言葉だ。

たしかあのとき、事件を担当した捜査員の間で、犯人の量刑がどれぐらいになるだろうかという話になった。幼い児童を誘拐して殺害した事件だ。検察の求刑は死刑も考えられる。だが、被害者がひとりとなると、実際の量刑は無期懲役の可能性が高いのではないかと自分が話したとき、それまで無言で酒を飲んでいた垂水が峻烈な怒りをあらわにしてそう言い放ったのだ。

そのときには垂水が被害児童と同じ年頃の子供を亡くしていたことは知らなかった。また、捜査の合間にも被害児童の母親である文乃に心を寄せているようだったので、少し感情的になっているのだろうというぐらいにしか思っていなかった。

もし、垂水が新たに供述したように響の死が加納によってもたらされたのだとしたら——

あの言葉は垂水の心からの叫びだったのかもしれない。

供述調書の中に『響』の名前を見つけ、意識をそちらに向けた。垂水の同僚である吉岡博司《よしおかひろし》の供述調書だ。

自分は立ち会っていないが、事件前後の垂水の職場での様子について記されている。

事件が発生する三日前から垂水は元気がなく、どこか思い詰めているように感じたという。

前日の夜に垂水はホストクラブに行き、そこで加納から事件のあった十月十三日に会おうと誘われていたようだとホストの尾崎吉彦が供述していたので、そのことが原因だろうと自分たちは考えた。

垂水の様子が気になった吉岡が「何かあったんですか?」と問いかけると、「毎年この時期になると気持ちがふさぎ込んでしまうの」と答えて、四年前の十月二十六日に三歳だった息子の響が亡くなったと聞かされたという。その後の会話についての記述はなく、休日明けで事件翌々日の十五日から逮捕されるまでの垂水の様子について、「特に変わった様子は感じなかった」とだけ記されている。

自分が記憶しているかぎり、垂水の家族以外の供述調書で、響について触れられている唯一のものだ。

毛呂警察署に入ると、清一郎はまっすぐ受付に向かった。受付の奥にいた制服姿の女性職員が立ち上がって会釈する。

「捜査一課の日向と申しますが、刑事課の吉岡さんをお願いします」

昨夜、毛呂警察署に連絡すると、今日は出勤しているとのことだったので約束を取り付けた。

「お疲れ様です。少々お待ちください」

女性職員がそう言って受話器を持ち上げた。相手と二言三言話をすると電話を切ってこちらに視線を戻す。

「すぐに参りますので、そちらでお待ちください」

受付の前にあるベンチに座って待っていると、グレーの背広を着た男性がこちらに向かってきた。二十代後半ぐらいに思えるこざっぱりとした男性だ。

「捜査一課の日向さんですか？」

「ええ」清一郎は頷きながらベンチから立ち上がった。「吉岡さんですね。お忙しいところ申し訳ありません」

「どうぞ、こちらへ」

吉岡に案内されて、一階にある『総合相談室』とプレートが掲げられた部屋に入った。白い大きなテーブルに四人掛けの椅子が備えられている。手で椅子を示し、吉岡が部屋を出ていく。すぐに紙コップを両手に持って戻ってきて、ひとつを清一郎の前に置いて向かい合うように座る。

「すみません」と清一郎は礼を言い、紙コップの茶をひと口飲んだ。

「垂水の件でと電話でお話ししてらっしゃいましたけど……あの事件はとっくに起訴されて裁判を待っている状況ですよね。今もまだ何か調べてらっしゃるんですか？」

「いえ、まあ……念のためにいくつか確認したいというだけで」

垂水の新しい供述に検察が乗っかる可能性が薄い今の状況では、あまり余計なことは言わないほうがいいだろう。

「吉岡さんの供述調書にあった以外に、垂水が息子の響くんのことについて話していたことはありましたか？」

清一郎が訊くと、少し考えるように吉岡が視線を上げた。しばらくして視線を戻して「いえ、自分が記憶しているかぎりあの日だけです」と首を横に振る。

「吉岡さんが『何かあったんですか？』と垂水に問いかけた十月十日ですね」

「ええ、初めて聞く話だったので驚きました。嫌な話を引き出してしまったと少し後悔して……だからそれ以降は触れないようにしていました」

「他の同僚のかたは響くんが亡くなったことをご存じなんでしょうか」

知っているなら、その者たちにも話を聞きたい。

「あの事件を起こすまでは知らなかったと思います。僕も誰にも話していませんし。あんな形で垂水が逮捕されて、家庭の不和みたいなことが署内で取りざたされるうちに、息子さんが亡くなった話が上のほうから伝わってきた感じですね」

「そうですか。垂水から響くんが亡くなったと聞かされた後、他に何か話はしませんでしたか」

「響くんについてですか？」

清一郎が頷くと、「どうだったかなあ……」と言いながら吉岡がふたたび視線を上げた。

「どんな些細なことでも結構なので」

「そうそう……」吉岡がこちらに視線を戻す。「お墓参りの話をしました」

「どんなお話ですか？」

「翌々週が命日ということだったので、その日にお墓参りはされるんですかって訊きました。そしたら、今年は行けないと思うって言ってました」

その言葉が引っかかった。

「響くんについて話をしたっていったらそれぐらいですかね」吉岡が頭をかく。

「どうして行けないと？」

前のめりになって訊くと、気圧されたように吉岡が居住まいを正した。

「いや……特に訊かなかったです。休みではなかったので、近い休日に行くんだろうと」

そうではない。夫の輝久に事情聴取したとき、夫婦関係は冷え切っていて妻の行動や交友関係はほとんど把握していないという話から、四年前に息子の響が亡くなったという話題になった。響の墓は自宅がある小手指から近い東狭山ヶ丘にあり、命日にはお互いに仕事が入っていても、必ず夫婦ふたりで墓参りをするのだという。息子が亡くなってから夫婦で出かけるのはその日ぐらいなのだと、寂しそうに輝久が語っていたのを思い出す。

「その頃、帰宅するのが難しそうな大きな事件を抱えていたんですか？」

そうであれば事件が解決するまで、予定を立てづらいだろう。

「いえ、そういう大きな事件はありませんでしたよ」

清一郎は吉岡に向けていた視線を落とした。膝の上に置いた手をじっと見つめながら考える。

垂水はどうして『今年は行けないと思う』と言ったのだろう。

その話をしたのは加納と十月十三日に会う約束をした翌日だ。

垂水の今の供述を信じるとするならば、響の死の真相を加納から聞き出すために。もしかしたら、その後に加納を殺すつもりだったのではないか。

暴行されて抵抗するために加納を死なせたように偽装したとしても、垂水は逮捕されて警察に勾留される。そうなれば二十六日の命日に墓参りに行くことはできないかもしれない。

垂水の供述によれば、その時点で証拠を捏造した件で警察に出頭するとも到底考えられない。

今まで捜査してきた者からすれば突飛にしか思えない供述だが、もしかしたら概ね真実なのかもしれない。

膝に置いた手を強く握り締める。

殺意を持って加納を死なせたのではない、ということ以外は――

35

受付に男性が現れると、隣に座っていた管理官の坪内《つぼうち》が席を立った。日向清一郎も倣ってベンチから立ち上がり、自分と同世代に思える眼鏡をかけた男性と向かい合う。

「事務官の坂上《さかがみ》です。よろしくお願いします」

坪内とは面識があるようで、清一郎のほうに目を向けて男性が言った。

「捜査一課の日向です。こちらこそ、よろしくお願いします」

「どうぞ、こちらへ」

坂上に続いて、坪内とともにエレベーターホールに向かう。三階でエレベーターを降り、廊下を進んで一番奥にあるドアの前で坂上が立ち止まる。ノックをしてドアを開けた坂上に手で促され、清一郎は部屋に入った。

ソファに座っていた三人の男女が立ち上がり、清一郎と坪内を迎える。菅原検事は面識があるが、スーツ姿のふたりの男女のことは知らない。

「捜査一課の坪内と、こちらは日向です。よろしくお願いします」

坪内が言うと、菅原も手で示しながらふたりの男女を紹介する。ともに垂水の事件の公判を担当している検察官で、男性が桧室《ひむろ》、女性が須之内《すのうち》だ。

三人の検察官と向かい合うように、坪内と並んでソファに座った。

「坪内さんには面倒なことをお願いして申し訳なかったです」菅原が軽く頭を下げた。

「いえいえ……垂水涼香の新しい供述については、日向が中心となって洗い直しておりました」

坪内の言葉に、三人の視線が一斉にこちらに注がれる。

「それで……どうでしたか？」少し身を乗り出すようにして菅原が訊いた。

「結論から申し上げますと、垂水の新しい供述は概ね事実であると思われます」

清一郎が告げた瞬間、三人が表情を歪めた。互いに顔を見合わせて、怪訝そうな視線をこちらに戻す。

「あの供述が事実だと？」

菅原の問いかけに、清一郎は頷き返した。

毛呂警察署の吉岡から話を聞いた後、日向は草間や、垂水の供述にあった蛍亭の久本に会った。その人たちの話を聞いているうちに、あの供述に信憑性を感じ、日向はふたたび垂水の行動を調べることにした。

「垂水が利用したというベビーシッターを仲介しているサイトに情報開示を求めました。すると、たしかに二〇一四年十月二十六日に垂水がアクセスしていたことがわかりました。息子の響くんが亡くなった日です」

三人の誰からかはわからないが、かすかに息を呑む音が聞こえた。

「垂水がそのサイトで連絡を取った人物は『小川聖』と名乗っていましたが、インターネット・サービス・プロバイダでさらに調べてもらうと、加納怜治であることが判明しました」

「垂水が息子を加納さんに預けたのは間違いないということですか？」

そう問いかけてきた須之内に視線を向け、清一郎は曖昧に頷いた。

「四年以上前ということで、目撃していた者は見つけられませんし、防犯カメラの映像も残っていません。ただ、垂水と加納さんの間で息子を預けるやりとりがあったのはたしかですし、蛍亭の久本さんも垂水がベビーシッターを頼んで孫の行方を捜してくれたと話していますので、そうなのでしょう」

「窃盗事件で垂水が証拠を捏造したのも事実だと？」

菅原の言葉に、「そうだと思われます」と清一郎は答えた。

当時、加納の弁護を担当した大宅に会い、証拠品である音楽プレーヤーの写真を見せてもらった。さらに垂水の供述に出てきた葉山文乃に会いに行き、確認を求めた。

以前会ったときとは違い、自分に敵意を向けるような文乃の接しかたが気になった。どうしてそのような態度をされるのかと戸惑ったが、しばらく話しているうちにその理由を察した。自分が託した言葉を、取り調べ中の垂水を揺さぶるために利用されたと思ったようだ。

自分と接している間、文乃は終始不機嫌そうだったが、聞きたかったことは何とか話してくれた。

「垂水と懇意にしていた葉山文乃さんという女性がいます。二年ほど前に息子さんが誘拐事件の被害に遭い、その捜査をきっかけに垂水と親しくなったのですが……その葉山さんは、窃盗事件の証拠品である音楽プレーヤーと同型のものを垂水が持っていたと話しました。響くんの肉声が唯一残っている物だと言って、大事そうに透明な袋に入れてあったそうです」

数日前、文乃のもとを大輔と持月が訪れ、音楽プレーヤーの写真を見せられて垂水が持っていた物と同じかどうか確認を求められたという。

さらに蛍亭の女将から聞いた、行方不明になった孫を捜すためにベビーシッターを頼んだことや、それが響の亡くなった日であったことなど、それらを結びつけながら垂水のあの供述を引き出すに至ったのだろう。

さすがは大輔だと心の中で感服している。だが……

目の前の三人は言葉をなくしたように押し黙っていた。

検察は一度書いたストーリーを簡単には手放さないが、これだけの材料を示されれば考えを改めざるを得ないだろう。

「先ほど……」ようやく声を発しながら菅原がこちらを見る。「概ね事実であると思われると言っていましたが……」

概ね——という言葉の意味が知りたいのだろう。

「ええ。これらのことから、垂水が響くんの亡くなった日に加納さんに預けたことや、証拠を捏造して加納さんの身元を割り出し、ホストクラブの客となって近づいたのは事実だと思われます。ただ、それ以降の供述については、あくまでも垂水の言葉でしかありません」

「加納さんに襲われて、抵抗するために酒瓶で殴ったということですか？」

桧室の言葉に、清一郎は頷いた。

「今まで我々は、加納さんに何らかの弱みを握られ、金品などを要求されたことで垂水が彼を殺すに至ったと考えていました」

それは加納のバンド仲間であった大隅健太の供述からもあきらかだ。

加納は大隅に店を出てからの垂水の尾行を頼み、その後に「いい金づるが見つかった」という趣旨の話をしている。

ふたりで会う約束をしたと思われる十月九日以降、垂水が自分のスマホから加納のSNSを度々見ていたのがすでに確認されていた。それ以前にはそんな形跡はないというのに。

加納のSNSには自身がやっていた音楽活動の告知とともに、部屋で撮った写真も数枚投稿されていた。その中には凶器となった酒瓶も映し出されている。

自分たちは、それを見た垂水が酒瓶を凶器に使うことを考えて、加納の部屋に自ら向かうことにしたのだろうと推測した。

「我々のその考えを大きく変える必要はないように思います。ただ、垂水の新しい供述によって、加納さんが握っていた彼女の弱みと、垂水の殺害の動機がより鮮明になったと言えるのではないでしょうか」

「垂水が証拠を捏造した張本人だと悟って、それをネタに加納さんが脅迫した」

「そうです。当時の彼女にとっては絶対に公《おおやけ》にされたくないことです。それに……いや、それ以前に、垂水は響くんの死に加納さんが関わっていると思っています」

「加納さんを殺害する強い動機があったと訴えることができますね」

須之内が頷きながら言うと、続けて桧室も口を開く。

「垂水の新しい供述では、加納さんにナイフを突きつけられて首を絞め続けられたことで命の危険を感じたとありますが、たとえメジャーデビューの機会をつぶされて激昂していたとはいえ、金づるとして考えていた垂水を殺そうとするとは……」そう言って桧室が首を横に振る。「そのあたりの矛盾もつけそうです」

「垂水は事件の三日前……加納さんと会う約束をしたと思われる日の翌日に、翌々週の響くんの命日に墓参りには行けないと思うと同僚に言っていました」

日向の言葉に、その意味がわからないというように三人は一様に互いの顔を見て首をひねる。

「ご主人の話では、響くんが亡くなってから夫婦は命日に墓参りをしていたそうです。お互いに仕事が入っていたとしても必ず命日にふたりで行っていたと。そのときには帰宅するのが難しいような大きな事件は発生していなかったというのに、どうして今年は行けないと思うと垂水は言ったのか……」

目の前の三人がふたたび顔を見合わせた。その言葉の意味がわかったようで、こちらに視線を戻した菅原が身を乗り出してくる。

「逮捕されることを想定していたのではないか。そういうことですね？」

菅原を見つめ返しながら、清一郎は強く頷いた。菅原が桧室と須之内のほうに視線を移して口を開く。

「……では、あまり時間がありませんが、新しい被告人の供述をもとに証明予定事実と証拠の構造を再整理して、公判に向けてあらためて準備を進めましょう。裁判所にもそのように掛け合ってください」

「承知しました」と桧室と須之内が頷いた。


五杯目のロックに口をつけたとき、背後から物音が聞こえた。

「いらっしゃいませ」

カウンターの中から声をかける野澤の表情を見て、ようやく目当ての相手が現れたと察した。

「何杯目だ？」

大輔の声が聞こえた。ひとつ隣の席に座る。

「五杯目だ」清一郎は目の前にあるマッカラン十二年のボトルを指さす。

「ふたりで金を出し合ったボトルだ。少しは遠慮しろ」

野澤に注文を訊かれて、大輔がボトルのロックを頼む。大輔の前にグラスを置くと野澤が離れていった。

「もうほとんど残ってねえじゃねえか」大輔がボトルをつかんで愚痴る。

「貸しがあるんだから、それぐらいいいだろう」

「貸し？」

「俺のおかげで真実に近づけただろう」

グラスを近づけた大輔の口もとがかすかに緩んだ。「ああ……」と言ったように思えた。

ここに来る前に坪内から報告があり、今日行われた公判前整理手続において、検察も垂水の新しい供述に基づいて公判を進めていく方針を概ね了承し、主張する事実の内容を一部変更する予定だという。

「警察組織にいる一員として、あらためて惜しい人材を失ったと思ったよ。おまえがあの供述を導き出したんだろう」

大輔は答えず、正面を向いてグラスの酒を飲んだ。

「おまえたちの力で真実に近づけたと検察も感謝しているだろう。だけど、真実にたどり着くのはどっちだろうな」

「どういう意味だ」こちらを見ないまま大輔が訊く。

「おまえは垂水の供述通りに正当防衛を主張するつもりか?」

「ああ」

どちらが真実にたどり着くのか――

ふと、目についたボトルに手を伸ばしてこちらに引き寄せた。

「あと一杯ぶんぐらいしかないな」

清一郎が言うと、大輔がこちらに目を向ける。

「おまえが飲んでいいよ。借りがあるから」

「いや……公判が終わるまで取っておこう。どちらが飲むかはそのとき次第でどうだ?」

殺人の容疑で垂水を有罪に導いたら、そのときは自分が飲むつもりだ。

「わかった」

清一郎はボトルを置いて野澤にチェックを頼んだ。会計を済ませて席を立つ。ドアに向かう前に大輔と目の前にあるボトルを一瞥する。

次にここに来てあの酒を飲むのは、かなり先のことになるだろう。

そのときの状況を思い巡らせながら清一郎は店を出た。

## 36

洋菓子店の看板が目に留まり、持月凜子は足を止めた。牧田久美《まきたくみ》から電話をもらって急いでここまでやってきたが、手土産ぐらいは用意していったほうがいいだろう。

凜子は店に入り、ショーケースに並ぶケーキを眺めた。匠海《たくみ》の好みはわからないが、適当に四種類のケーキを選んで買うと店を出た。足早に団地に向かう。

五号棟の階段を三階まで上がると、噴き出した汗でブラウスが肌に張りつく感触がした。ふと、足もとに目を向けると、蟬の亡骸があった。もうすぐ暑かった夏も終わりということだろうか。

明日、涼香の初公判がある。彼女に真実を聞いてから半年近くが経っていた。

凜子は取り出したハンカチで額の汗を拭いながら三〇一号室に行き、ベルを鳴らした。しばらくするとドアが開いて、久美が顔を出した。

「ご連絡いただいてありがとうございます」

凜子が言うと、「どうもすみません……」と恐縮するように久美が頭を下げる。

久美に促されて凜子は玄関を上がった。奥のダイニングに通されるが、そこに匠海はいない。

「匠海くんは……」

久美がダイニングの隣にある閉ざされたドアを見る。部屋に引きこもっているのだろう。

「さっき、匠海から『やっぱり行きたくない』とLINEがあって。早めに持月さんにお知らせしておいたほうがいいと思いまして……」

匠海は八年前から学校に行くことなく家に引きこもっている。家にいるときでも会話のほとんどはスマホのLINEを通してしているという。

「あの……これ、よろしかったらお召し上がりください」

ケーキを入れた箱を渡すと、「ありがとうございます。どうぞお座りください」と久美に椅子を勧められた。とりあえず椅子に座って閉ざされたドアを見つめる。久美がテーブルに先ほど買ったケーキとお茶を出してくれた。

「それにしてもどうして急に気持ちが変わってしまったんでしょうか?」テーブルを挟んで凜子と向かい合うように座った久美に訊ねた。

前に訪ねたときには裁判で証言してくれると言っていた。しかもLINEを通してではなく、凜子と直接対面しながらだ。

「あのときは少しその気になったようですけど、いざそれが現実のものとして近づいてくると、やっぱり怖くなってしまったんじゃないでしょうか。今日のニュースで報じられていましたよね。おそらくそれを観ているうちに……」

明日から公判が始まる涼香の事件について、ニュースやワイドショーで盛んに報じられていた。現職の警察官が起こした殺人事件ということで世間の注目を集めている。

「匠海くんに呼びかけてみてもいいでしょうか？」

「たぶん応えてくれないと思いますけど……」

久美にそう言われたが、凜子は椅子から立ち上がって匠海の部屋に近づいた。優しい手つきでドアをノックする。

「匠海くん……持月です。少しだけお話しできないかな」

中から反応はない。

「匠海くんが嫌がることを無理にさせるつもりはない。ただ、ちょっとでも匠海くんの顔が見たいな。ケーキを買ってきたんだけど、一緒に食べない？」

呼びかけてみたが、ドアが開く気配はない。

凜子はドアの前に立ち尽くしながら、漏れそうになる溜め息を押し留めた。

四ヵ月近くここに通い詰めてようやくドアを開けてもらえたのに、振り出しに戻ってしまった。

事務所に戻ると、ソファに座って資料を読んでいる西が目に入った。西がこちらに目を向けて、「どうだった？」と訊く。

凜子は首を横に振りながら、「以前の状態に逆戻りです」と言って西の向かいに座った。

久美から電話があった後に、匠海が証言したくないと言っているそうなのでこれから家に行って説得すると、西にＬＩＮＥで知らせていた。

「そうか……彼の証言が得られなくなるとかなり厳しいな」

苦々しそうに口もとを歪める西を見つめながら、凜子も同意して頷く。

凜子たちが匠海の存在を知ったのは四ヵ月ほど前のことだった。被害者の加納怜治についての調査を進めていく中で、八年前に近所でされていた噂話を知って彼に会いたくなった。

匠海は加納が逮捕された傷害事件の被害者のひとりだ。当時、小学校二年生の匠海は学校からの帰宅途中、加納に公園のトイレに連れ込まれ、そこでわいせつな行為をされたという。いや、彼の言葉を直接聞いた今となっては、わいせつという言葉ではとても足りないと思える卑劣な行為だ。

匠海はズボンとパンツを脱がされ、局部にナイフを這わせられながら加納から「切るぞ」と脅されたという。だが、何らかの理由で加納は急に激昂して、ナイフはそのままに、もう片方の手で彼の首もとを押さえて絞めつけた。そのときたまたまトイレに入ってきた男性に見つかり、加納はその場から逃げ出し、匠海は警察に保護された。

凜子たちは現場に遭遇した荒木《あらき》という五十八歳の清掃作業員を捜し出して、そのときの様子を聞かせてもらった。

荒木は加納がトイレから逃げ出した後すぐに倒れている匠海のもとに駆け寄ったが、首を激しく絞めつけられていたようで苦しそうに咳き込んでいたという。そして「もう少しで殺されるところだった」と言ってひどく怯えていたそうだ。

それらの話を聞いて、凜子たちは涼香の供述と重ね合わせた。

何が原因となって加納が少年の首を激しく絞めつけたのかはわからない。ただ、加納の暴力性を裏付ける証拠のひとつにならないかと考えた。

これらのことはあくまでも加納の性格の立証に過ぎず、涼香を襲ったときもそうだったという証拠にはならないので、証拠としての価値はそれほど高くないと思える。

ただそれでも目撃者のいない密室で起きた出来事で、涼香の供述以外にそれを示せる手立てのない今の状況では貴重な証言になるのではないかと思い、凜子たちはその少年を捜した。

牧田匠海という十五歳の少年にたどり着くのはそれほど難しくなかったが、そこからが大変だった。八年前の事件のショックからか、匠海はそれ以降不登校になっていた。母親とふたりで暮らす家から一歩も外に出ることなく、部屋に引きこもる生活を送っているという。

自分たちは弁護士で、現在担当している件について匠海から話を聞かせてほしいと、母親の久美に事情を話して家に上げてもらうまでに一ヵ月近くかかった。さらに部屋から一歩も外に出てこない匠海とＬＩＮＥでやり取りができるようになるまで一ヵ月かかり、加納から襲われたときのことを聞き、さらに凜子の前に顔を出してその話をしてくれるまでに二ヵ月近くかかった。

どうして加納が急に激昂して首を絞めつけたのかという理由について、匠海はよく覚えていないというが、おそらくナイフで脅されながら自分が何か言ったりしたのがきっかけだったのだろうと話した。

思い出したくないことなのであのときのことはほとんど忘れてしまったが、ひとつだけはっきりしているのは、加納は本当に自分を殺すつもりで首を絞めつけていると感じたことだという。あのとき清掃作業員の荒木がトイレに入ってこなかったら、自分は殺されていただろうと。

そのときの話を法廷でしてもらえないだろうかと頼むと、かなり長い時間悩んだ後に小さく頷いてくれた。

「彼の状況を考えると無理強いはできないな」

その声に我に返り、凜子は西を見た。「そうですね……」と呟く。

八年前の事件によって匠海の心は深く傷つけられ、いまだに精神的にも不安定な状態でいる。人と接することに恐怖を抱き、家から外に出ることもできない。

裁判で証言するともなれば、検察の反対尋問で容赦のない追及をされることにもなるだろう。

「でも、まだ一週間あります」

匠海の証人尋問は一週間後の第三回公判で行う予定だ。自分の前に姿を現した匠海は終始怯えるような表情をしていたが、今回その証言をすることで過去の忌まわしい記憶に立ち向かいたいという思いが、匠海の言葉の端々から窺えるような気がした。

「決して無理強いするつもりはありませんが、できるかぎり説得を続けようと思います」

こちらを見つめながら西が頷く。

「よろしく頼む。明日は早いから、そろそろ上がることにしよう」西が立ち上がった。

明日の第一回公判は、午前十時から始まる。

「そうですね」凜子も立ち上がり、ドアに向かった。

## 37

ホワイトボードに複数の番号が書かれた紙が貼り出され、日向清一郎は手に持った紙に目を向けてそちらのほうに近づいた。自分の番号は38番だが、その番号はホワイトボードに貼り出された紙には書かれていない。

落胆している清一郎のもとに横川が近づいてきた。手に持った紙とホワイトボードを交互に見て、「日向さん、当たりましたよ」と歓声を上げる。

「本当か？」

思わず横川が持った紙を覗き込む。たしかに横川が持った紙の39番は当たりだ。

「どうぞ」横川が紙を差し出してくる。

「いいのか？」

「そのつもりで付き合わせたんでしょ」

「悪い。今度、おごるから」

横川から受け取った紙を持って近くにいる職員のもとに行く。『傍聴券』と書かれた薄緑色の紙と交換してもらい、所持品検査を受けて建物に入った。公判は四〇三号法廷で行われる。エレベーターで四階に上がると、法廷前の廊下にはすでにたくさんの人が並んでいた。その中に葉山文乃の姿があった。

「あなたもいらっしゃってたんですか」

近づきながら声をかけると、文乃がこちらを向いた。目が合った瞬間、顔をこわばらせる。

ひさしぶりに顔を合わせるが、いまだに自分への敵愾心《てきがいしん》は拭われていないようだ。

「正義が果たされるのを見届けにきました」

「私もそうです」清一郎はそう返すと文乃から離れて列の後方に向かった。

手荷物を職員に預け、金属探知機で身体検査をされた後に列に並ぶ。しばらく待っていると法廷のドアが開き、前の人に続いて中に入る。左側の二列目の席が空いていたのでそこに座った。すぐ目の前が弁護人席だ。法廷内を見回すと、文乃は中央の三列目の席に座っていた。

柵の内側にあるドアが開き、大輔と持月が入ってくる。一瞬、大輔と目が合ったが、こちらを気に留める様子もなく持月と並んで席に座る。自分がここにいることに気づいた持月は少し動揺したように眉根を寄せ、こちらと視線を合わさないようにしている。

反対側にある検察官席に桧室と須之内が座り、机に置いた風呂敷包みを解いて書類を取り出す。

ふたりの制服姿の刑務官に挟まれるようにして垂水涼香が法廷に入ってきた。紺のパンツスーツに白いシャツを着ている。こちらのほうに目を向けて、垂水が怯むように視線をそらした。弁護人席の隣に座った垂水が刑務官に手錠と腰縄を外される。

「ご起立ください――」

男性の声が聞こえ、清一郎は立ち上がった。

黒い法服を着た三人の男女と、六人の裁判員と二人の補充裁判員が入ってくる。法廷にいる全員が一礼して席に座る。中央に座った石塚《いしづか》が裁判長で、他の者の名前は知らないが右陪席が女性、左陪席が男性だ。六人の裁判員のうち、ふたりが女性だった。五十歳前後に思える男性がふたりと女性がひとり、七十歳を過ぎていそうな白髪の男性がひとり、あとは二十代に思える男女がひとりずつ。後方に座った補充裁判員はともに年配の男女だ。

これからの公判を通じて裁判員がどのような判断を下すかわかりようがないが、裁判長の石塚は刑事事件に対して厳しい判決を下すことで有名だ。

「それでは開廷します。被告人は前へ」

裁判長の声に、垂水が立ち上がった。しっかりとした足取りで証言台の前に向かう。

「では確認します。お名前は」裁判長が訊いた。

「垂水涼香です」

「生年月日は」

「昭和六十年六月二十三日です」

「本籍は」

「東京都清瀬市中里三丁目――」

「住所は」

「埼玉県所沢市小手指町一丁目――ブライト小手指五〇二号室」

「仕事は何をしていますか」

「現在は無職です」

「それではこれよりあなたに対する事件の審理を行います。検察官が起訴状を読み上げますので、よく聞いていてください。それではお願いします」

裁判長が目を向けると、須之内が書類を持って立ち上がり起訴状の朗読を始めた。

起訴内容には当初の殺人に加えて、公判前整理手続の中で新たにあきらかになった虚偽公文書作成の罪が追加されている。

須之内が読み終えて席に座ると、裁判長が口を開く。

「それではこれより審理しますが、それに先立って説明しておきます。あなたには黙秘権があります。言いたくないことは言わなくてかまいませんし、これからずっと黙っていてもかまいません。質問されることがありますが、そのときに質問を選んで、ある質問には答えるけれど別のものには答えないということもできます。あなたが黙っていること自体を不利益にとらえることはありませんが、ここで話したことはあなたの有利不利にかかわらず裁判の証拠となりますので、その点は注意してください」

裁判長の言葉に、垂水が頷く。

「今、検察官が読み上げた事実について、事実と異なる点や、述べておきたい点はありますか」

「はい……虚偽公文書作成の件は間違いありません。しかし、私は殺意を持って加納さんを殴ったのではありません。殺そうなどとは思っていませんでした」

垂水が毅然とした口調で告げると、裁判長が弁護人席のほうに顔を向けた。

「弁護人は?」

裁判長の言葉に、「被告人と同じです。本件で殺人罪は成立しません」と持月が答える。

「それでは被告人はもとの席に着いてください」

垂水が弁護人席の隣に戻ると、裁判長の合図を受けて、検察官の須之内が冒頭陳述を読み上げる。

事件に至るまでのいきさつについては、垂水の新しい供述に則っている。

五年前にネットを介してベビーシッターに預けた垂水の息子が、家に戻ってから数時間後に急性硬膜下血腫で亡くなった。垂水は息子の死にベビーシッターが関わっているのではないかと疑ったが、その人物とはすでに連絡が取れなくなっており、また垂水自身も息子の死について自責の念に駆られていたため、警察に報せることはできないでいた。

ただ、垂水はその後携わることになった誘拐事件の捜査がきっかけで、ベビーシッターの身元を知りたいという思いが再燃して、その人物の所持品と思われる音楽プレーヤーを窃盗事件の証拠品として捏造することを思いつき、その音楽プレーヤーを犯行現場で発見された遺留品だとする虚偽の報告書を作成した。

この音楽プレーヤーの所有者が、今回の殺人事件の被害者である加納であったが、加納はこの音楽プレーヤーに付着した指紋等から身元が割れ、窃盗事件の被疑者として逮捕・起訴された後、執行猶予付きの有罪判決を受けた。その後、加納はホストとしてルビーロードに勤務していたが、垂水はそのことを突き止め、加納に客として近づいた。

加納とふたりで会うことになった垂水は、自らの証拠捏造の発覚を阻止すると同時に、息子を死なせたと思い込んでいる相手への殺意によって、SNSの写真でそこにあることを知っていた酒瓶を利用して、計画的に頭を渾身の力で殴打し、自分が襲われたように偽装した後に部屋から逃走した。

冒頭陳述が終わると、証拠調べ請求や弁護人の意見などのやり取りが続く。

「それでは検察官から証拠調べ請求のあった証人を採用して、これから証人尋問を行います」

裁判長が最初の証人を呼ぶと、背広姿の草間が前に向かった。

係員に促されながら柵の中に入った草間が、努めて垂水のほうには視線を向けないようにしながら証言台の前に立った。

かつての同僚と相対する立場になることに、それなりの気まずさがあるのかもしれない。

「宣誓書を読み上げてください」

人定《じんてい》質問を終えた後に裁判長に言われ、草間が係員に渡された紙に目を向けて口を開く。

「宣誓。良心に従って真実を述べ、何事も隠さず、偽りを述べないことを誓います」

読み上げると、係員に紙を返して草間が証言台の前に置かれた椅子に座った。

「それでは検察官の須之内からいくつか質問させていただきます。あなたと被告人との関係を聞かせてください」

検察官席から立ち上がった須之内に訊かれ、「元同僚です」と草間が答える。

「被告人は元警察官ですが、どこかで一緒の職場だったことはありますか」

「ええ。私は垂水……いや、垂水さんが毛呂警察署に異動になる前にいた小川北警察署で、一緒に仕事をしていました。私は現在も小川北警察署に勤務しています」

その後、須之内から垂水と一緒に働いていた期間や彼女の印象を訊かれ、草間が答える。

「刑事課に所属する女性は多いんでしょうか？」

「いえ、うちの刑事課では垂水さんが初めての女性でしたね」

「初めて……」須之内がそう言いながら頷く。「刑事課を志望する女性は少ないんですか？」

「そうですね。そもそも警察は男社会で女性警察官の割合が少ないうえ、刑事課の仕事は他の部署と比べても激務で知られていますし、所属長からの推薦を受けて刑事講習というものを受講して、任用試験に合格しなければ刑事課に配属されませんから、かなりハードルが高いわけです」

「被告人はその高いハードルをクリアして刑事課に配属されたわけですね」

「そういうことになりますね。垂水さんはある時期から刑事課に行くことを志望するようになって、上にアピールしていたと、上司から聞いたことがあります」

「ある時期というのは、いつぐらいだったかおわかりですか？」

「具体的には……」草間がそう言いながら首を横に振る。「刑事課に来る前のことはよくわからないので。ただ、おそらく息子さんが亡くなった後ではないかと……」

「これは争いのない事実ですが、被告人のお子さんが急性硬膜下血腫で亡くなったのは二〇一四年の十月二十六日です。それから一年以上刑事課に行くことを志望していたのでしょうか」

「まあ、いつぐらいから志望し始めたのかというのは私にははっきりとはわかりませんが……ただ、数ヵ月アピールしたぐらいではなかなか推薦してもらえないと思います。女性でなかったとしても」

「どうして刑事課を志望したのか、被告人から聞いたことはありましたか？」

「いえ、本人から直接聞いたことはなかったように思います」

「では……あなたはそれを知ったとき、どのように感じられましたか？」

「以前は、寂しさを紛らわせるために新しい目標がほしかったのかなと思っていました」

「寂しさというのは？」

「息子さんを亡くしたことです。それに家にも居づらかったのではないかと想像しましたので、そういう意味でもそれまでよりも過酷な仕事を求めるようになったのではないかと」

「どうして家に居づらいと思われたんでしょうか」

「垂水さんが目を離している隙に息子さんがどこかで頭をぶつけたことが亡くなった原因だと、風の便りで聞いていました。それまでは職場で家族の話をよくしていたのに、息子さんが亡くなってからそういう話に触れることはいっさいなくなったとも。ひとり息子だったということですし、旦那さんと一緒に生活するのも気まずかったのではないかと想像しました」

「そうですか……先ほど、以前は……と、おっしゃっていましたが、それはどういう意味でしょうか？」

「垂水さんが窃盗事件の証拠を捏造したと知って、刑事課に行きたかったのはそれが目的だったのではないかと今は思っています」一際《ひときわ》はっきりした口調で草間が答える。

「刑事課に行くことと証拠を捏造することとは何か関係があるのでしょうか」

「もちろん地域課の警察官であっても、何かの事件が発生したときに証拠を捏造することは可能でしょうが、刑事課の刑事のほうが、それをするに適した事件に遭遇する機会が圧倒的に多いですから。それに証拠を捏造することが垂水さんの真の目的ではなく、捏造した証拠品の所有者がどんな人物かを知りたかったというのであれば、なおさら刑事課の刑事であるほうが適していると思います。逮捕されれば未成年でないかぎり名前などは公になりますが、実際に犯人を取り調べるのは刑事課の人間ですから」

「なるほど」須之内が大きく頷く。「被告人が証拠を捏造したとされる窃盗事件についてはよくご存じでしょうか」

「ええ。通報があった際に一緒に現場に向かいましたから」

「その窃盗事件について詳しく聞かせていただけますか?」

垂水とともに現場にいたときの状況と、加納が逮捕されるまでの経緯を草間が証言する。

「……少し質問を変えますが、被告人と一緒に仕事をしていた中で、特に印象に残っている出来事などはありますか」

「そうですね……」

考えるように草間が少し顔を上げた。しばらくしてマイクに口を近づける。

「やはり誘拐事件の捜査をしていたときでしょうか」

「どのような事件だったのでしょう」

「うちの管内で四歳の男児が行方不明になる事件が発生して、翌日に遺体が発見されました。目撃者をはじめ物証も乏しくて捜査は難航しましたが、事件発生から二ヵ月後に当時二十八歳の男を逮捕しました。今までに経験したことのない大きな事件だったこともあり、その捜査に携わっていたときの垂水さんのことは特に印象に残っています」

「どんな印象でしょうか」

「もちろん捜査に携わっていた者すべてが懸命にやっていましたが、その中でも特に数少ない女性捜査員のひとりとして、垂水さんは必死に仕事に取り組んでいたということです」

「具体的にどのようなことが印象に残っていますか」

「被害者のご家族に対するフォローですね。被害男児の親御さんはお母さんおひとりで、事件が発生してからかなりご心痛のようでした。私も含めて捜査員のほとんどは、懸命に捜査をして早く犯人を捕まえることでしか被害者のご家族の悲しみに報いる術はないと思っていましたが、垂水さんは過酷な捜査の合間にもお母さんに会いに行って、慰めたり励ましたりしていたようです。被疑者が逮捕されて特別捜査本部が解散になってからも、定期的にお宅に行って様子を窺っていたと聞いています」

「女性ならではの心遣いだったんでしょうかね」

「それもあるかもしれませんが、垂水さんもお子さんを亡くしていますから、とても他人事には思えなかったのではないかと。それに、家宅捜索をした際に被疑者逮捕に結びつく証拠を見つけたのも垂水さんだったので、そういう意味でもその事件での彼女の印象は特に強く残っています」

「被告人は、誘拐事件の被疑者に対して何か語っていましたか」

その質問に、廷内に入ってから初めて草間が垂水に目を向けた。垂水と目が合ったようですぐに正面に視線を戻したとき、マイク越しに溜め息が漏れ聞こえた。

「話していました」重い声音で草間が言う。

「いつ、どのようなことを？」須之内が少し身を乗り出すようにして訊く。

「特別捜査本部が解散した夜に署内で行った打ち上げの席で、捜査員の間で被疑者の量刑はどれぐらいになるんだろうという話になったんです。捜査員のひとりが、被害者はひとりだから実際の量刑は無期懲役の可能性が高いんじゃないかと話したとき、それまでおとなしくしていた垂水さんがいきなり強い口調で、『私が被害者の親なら、犯人が生きていることなど考えたくもない』というようなことを言いました」

清一郎はふたりの弁護人に目を向けた。大輔の表情は先ほどから変わらないが、持月は草間のほうを見ながらあきらかに眉根を寄せている。想定していなかった発言のようだ。

「私が被害者の親なら、犯人が生きていることなど考えたくもない。被告人はそう言っていたんですね？」須之内が念を押すように言う。

「若干、言葉尻とかは違うかもしれませんが、そういう意味のことを言っていたのはたしかです。今まで見せたことのない険しい形相だったので、その場にいた者たちも驚いていました」

須之内が満足そうに大きく頷き、裁判長のほうに顔を向ける。

「検察官からは以上です」

裁判長が弁護人席のほうを向き、「それでは弁護人、反対尋問を」と告げる。

草間を見つめながら持月が立ち上がる。

「それでは弁護人の持月からいくつか質問させていただきます。垂水さんとは一年近く同じ部署で仕事をされていたということですが、垂水さんが今回の事件で逮捕されるまで、また証拠を捏造したと知らされる前までの彼女の印象についてお聞かせいただけますか」

持月の質問を聞き終えると、草間が正面を向いて「先ほども言ったように、真面目で仕事熱心な職員という印象です」と答えた。

「彼女に対する他の職員の評価はどうでしたか」草間に視線を据えながら持月がさらに訊く。

「私と同じ感想だと思います」

「特にどのような点が評価されていたと思われますか」

「……ひとつは仕事に対する執念のようなものですかね。警察官の仕事、特に刑事課の仕事は地道な捜査の連続です。どんなに足を棒にしても犯人を検挙できない、そればかりか手掛かりさえ得られないことも多い。体力的に疲弊して、心が折れそうになることもしょっちゅうです。それでも捜査に最善を尽くし続ける心と身体の忍耐力が必要です。体力的には劣るはずの女性であるのに、彼女にはそれが備わっていると思っていました」

「垂水さんは刑事という仕事に情熱を注いでいたわけですね」

「そう思います」

「その原動力は何だったと感じますか?」

草間が首をひねり、「質問の意味がよくわからないんですが……」と言う。

「つまり、息子さんを失った寂しさを紛らわすためや、証拠を捏造するというよこしまな考えからだったと思われますか」

「異議! 単に意見を求める質問です」すぐに須之内の声が上がった。

裁判長が「弁護人、いかがですか」と水を向ける。

「失礼しました。撤回の上、質問を変えます。先ほどおっしゃっていた垂水さんが話していたという『私が被害者の親なら、犯人が生きていることなど考えたくもない』

という言葉についてですが、それを話していたときの状況について少々お訊きしたいのですが」

「何でしょう？」草間が持月に向けて少し首を伸ばす。

「垂水さんがその言葉を発する前に捜査員のひとりが、被害者はひとりだから実際の量刑は無期懲役の可能性が高いんじゃないかと話したということですが、その会話の前に捜査員の間で他の意見などはなかったんでしょうか」

「まあ、いろいろな意見がありましたよ。四歳の男児を誘拐して殺害した残虐な事件ですから、死刑で当然だとか……」

「会話の輪にいた人たちのどれぐらいが、そういう感想だったんでしょう」

「ほとんどが心の中でそう思ってたんじゃないですかね。捜査してきた立場上、我々は被害者の側に肩入れしていますからね」

「草間さんご自身はどのように思われてましたか」

「私にも被害児童と同じ年頃の子供がいますのでね、被害者の親の立場を考えれば、死刑にするべきだと思いました」

「だけど、そのときは口にはされなかった？」

草間が「はい」と頷くと、「弁護人からは以上です」と告げて持月が席に座った。

# 38

椅子に座りながら、持月凜子は隣の西に目を向けた。

涼香が言ったという言葉についてリカバリーできたかどうか不安に思っているが、強い眼差しで頷きかけてきた西を見て少しばかり安堵する。

裁判長に呼ばれて、二人目の証人が廷内に入ってきた。毛呂警察署の刑事課に勤務する吉岡博司だ。自分と同世代であることは知っていたが、対面するのは初めてだ。

涼香についてどのようなことを語るのか。先ほど自分をぎょっとさせたような発言が出てくるのを警戒しながら、宣誓書を読み上げる吉岡を見つめた。

「検察官の須之内からいくつか質問させていただきます。まず、あなたと被告人の関係を聞かせてください」

彩《あや》の声が聞こえ、凜子は証言台の前に立つ吉岡から検察官席のほうに目を向けた。

「私は毛呂警察署に勤務しており、垂水さんとは以前一緒に仕事をしていました」吉岡が答える。

「警察署で働いてらっしゃるとのことですが、部署はどちらですか？」

「刑事課です」

「被告人と一緒に働いていた期間はどれぐらいですか？」

吉岡が約一年七ヵ月間だと答える。さらに彩から涼香の印象を訊かれ、コンビを組んでいた立場から仕事熱心で信頼できる人物だと思ったと感想を述べる。

「では、相当長い時間被告人と接していたわけですね。勤務しているときでも勤務していないときでも、被告人と仕事以外の話をすることなどありましたか」

「仕事以外の話、ですか？」吉岡が小首をかしげる。

「たとえば被告人の家庭の話や、普段の悩み事などを」

「いえ、垂水さんから家庭の話を聞いた記憶はほとんどありません。悩み事に関しても聞いたことがないです」

「ほとんど……ということは、少しはお聞きになったことがあるんですか？」

「ええ……」

「どのようなことを話していたんでしょう」

「息子さんが亡くなったという話を聞きました」

「それはいつのことか覚えていますか？」

「二〇一八年の十月十日です」

「ずいぶんとはっきりと覚えてらっしゃいますね」

「それはもう……垂水さんが逮捕された後に、捜査一課のかたから事件前後の彼女の様子をいろいろと訊かれましたから」

「どのようなきっかけで、息子さんが亡くなったという話になったんですか」

「その日は一日中、垂水さんの元気がなくて、何だか思い詰めているように感じたんです。それで退勤する前に『何かあったんですか？』と問いかけました。すると垂水さんは『毎年この時期になると気持ちがふさぎ込んでしまうの』と言って、四年前の十月二十六日に三歳だった息子さんが亡くなったことを話しました」

「それを聞いたとき、どのように感じられましたか」

「初めて聞く話だったので驚きました」

「そのときに被告人とした話は、息子さんが亡くなったということだけですか？」

「いえ。翌々週の二十六日が命日だったので、その日はお墓参りをされるんですかと訊きました」

「被告人は何と答えましたか」

そう訊いた彩の眼差しが、心なしか鋭くなったように感じる。

「今年は行けないと思うと言っていました」

吉岡の言葉を聞いて、思わず隣の涼香に目を向けた。

「本当にそのような話をされたんですか？」涼香に顔を近づけて凜子は小声で訊いた。

涼香はこちらに顔を向けることなく、頬のあたりをかすかに震わせながら証言台のほうを見つめている。

机の上に置いた書類の束をめくり、関係する書類を探した。二〇一八年十月の二十六日は金曜日で勤務日だ。行かなかったとしても不思議ではない。

「今年は行けないと思う、と被告人は言ったんですね」

念を押すように彩が訊くと、「間違いありません」と吉岡が強く頷いた。

「今年は墓参りに行けないと思う理由について、被告人は話していましたか？」

「いえ」吉岡が首を横に振る。

「その頃は、休みを返上しなければならなかったり、帰宅するのが難しそうな仕事の状況だったんでしょうか」その件について彩がさらに質問する。

「大きな事件を抱えていたわけではないので、そういう状況ではなかったと思います」

そう答えた吉岡に、彩が満足そうに頷く。すぐに口を開いた。

「その話をした十月十日は被告人に元気がなく、思い詰めているように感じたとお話しされましたが、その後はどのような様子に思われましたか」

「それから数日間は、やはり元気がないように思えました」

「具体的にいつまでそのような様子だったかは覚えてらっしゃいますか」

「十月十三日が次の休みだったので、その前日の十二日までは元気がないと感じました。むしろ、話を聞いた十日から日が経つにつれて、さらに悲愴《ひそうかん》感が強まっていくように自分には思えました……休みの間も、つい垂水さんのことを考えてしまったぐらいですから」

「次に被告人と会ったのはいつですか？」

「刑事課の刑事は基本的に土日が休みなので……もっとも休日に出勤しなければならないことも多いですが、その週は私も垂水さんも土日は休みを取っていたので、次に会ったのは十月十五日の月曜日でした」

「その日の被告人の様子はどうでしたか」

「普段通りに思えました」

「普段通りというのは……息子さんが亡くなったという話をした十日から数日間のように暗かったと？」さらに彩が訊く。

「そうではなく、その話をする以前のように明るくなっていると思いました。だから休日に旦那さんとどこかに出かけたりしてリフレッシュできたのかなと少し安心しました」

「明るく、ですか？」

あらためて問いかけられ、吉岡が小さく唸る。

「明るく……というのはちょっと言い過ぎかもしれませんが、普段通りの垂水さんだと」

「一年七ヵ月間、身近に接してこられた吉岡さんから見て、休日の間に被告人の身に何かあったようには感じたりしましたか」

事件の翌々日であるにもかかわらず、涼香が周囲に動揺を見せていなかったことを強調するのが検察の狙いだろう。予期せぬ形で起こしてしまった出来事ではなく、計画的な殺人だったと。

「いいえ、まったく感じませんでした。だから垂水さんが逮捕されて事件のことを知って本当に驚きました」

吉岡が答えると、「ありがとうございます」と言って彩が裁判長を見た。

「検察官からは以上です」

裁判長に促され、凜子は立ち上がった。

「弁護人の持月から質問させていただきます。まずは……」少し間を持たせながら質問事項を頭の中で整理する。「……先ほど、十月十日に垂水さんの元気がなく、思い詰めているように感じたのがきっかけで、息子さんが亡くなった話になったとおっしゃっていましたが」

「ええ」

「それから十月十二日まで、さらに悲愴感が強まっていくようになっていったとも」

「そうです」

「具体的に垂水さんのどういった様子で、そのように感じられたのか聞かせていただけますか」

「具体的に……ですか？」

「そうです」と凜子が頷きかけると、吉岡が少し顔を伏せて考え込むように唸る。

「たとえば……垂水さんに声をかけても、心ここにあらずといった様子ですぐに反応してくれなかったり、よく溜め息を漏らしたり、あと……とにかく表情が暗いなと感じました」

「仕事でミスをしたり、あきらかに普段と違う言動をしたりといったことはありませんでしたか？」

「そういったことはなかったと記憶しています」

「私は考え事をしているときに声をかけられてもすぐに反応できなかったり、ちょっと憂鬱なことがあったりすると無意識のうちに溜め息を漏らしたりしますが、吉岡さんはいかがでしょうか？」

「私もそうですが……」

「今までお仕事されていて、同僚のかたから『元気がないけどどうしたんだ？』などと訊かれたことはありますか」

「ええ。何度かあります」

「実際、そのときはどういった心境だったのでしょう。ひどく思い詰めるような出来事があったんでしょうか」

「ひどく思い詰めるというとオーバーですかね。前日に恋人とちょっと言い争いをしてしまったり、仕事で面倒くさい案件を任されてしまったり……まあ、いろいろです」

「それでも同僚のかたから『元気がない』と心配されたんですね。本人としてはそこまで心配されるような状態でもないのに」

「そうですね……」

「垂水さんは二〇一七年の春に毛呂警察署に着任されたとのことですが、その年の十月頃の彼女の様子については覚えてらっしゃいますか」

「二〇一七年の十月……ですか？」吉岡が訊き返す。

「ええ。その頃、垂水さんの元気がなかったり、思い詰めたりしているように感じた記憶はありませんか」

「正直なところ……よく覚えていません。といいますか、はっきりとこうだったとは言えません。普段通りだったような気もしますし、もしかしたら今の自分からしたら元気がないように思えたかもしれませんし……」

「一年七ヵ月間、一緒に仕事をされていても、垂水さんの様子について覚えてらっしゃらないこともあるということですか」

「それはそうですよ」

「では、翌年の二〇一八年の十月のことに関しては、どうしてはっきりと記憶されていたんでしょう」

「それはやはり……あんな事件があったから強く印象に残ったんでしょう。それに事件を捜査した刑事にもいろいろと訊かれて、その度にあらためてその頃のことを思い返したりしましたから」

吉岡の言葉を聞いて、裁判官席を横目で見ながら凜子は頷いた。

涼香が悲愴感を強めていったように感じられたのは、吉岡の主観でしかないと裁判官や裁判員に訴えられただろうか。

「息子さんのお墓参りの話になったときのことについて訊かせてください。『今年は行けないと思う』と言ったとき、垂水さんはどのような様子でしたか」

「やはり……暗い感じでした」

「今年は墓参りに行けないかもしれない理由について、吉岡さんは訊かなかったということですが、どうしてですか？」

「余計なことを言って嫌な話を引き出してしまったなあという後悔があったので、あまり深入りしないほうがいいと思って。それに命日の日はお互いに勤務なので、近い休みのときに行くんだろうと思ったので……」

「息子さんの命日の十月二十六日は、垂水さんは勤務日だったんですね」

念を押すように言うと、「そうです」と吉岡が頷いた。

「先ほど、垂水さんの印象を訊かれて、仕事熱心なかただと思うとお答えになられていましたけど……人となりについてはどのような印象をお持ちでしたか？」

「そうですねえ……一言で言うと穏やかなかただという印象を持っていました。一緒に働いているときに垂水さんが怒ったり、感情をあらわにしたりするのを見たことがありませんでしたから。だから、殺人の容疑で垂水さんが逮捕されたと知っても、しばらくはその光景が想像できなかったというか、ただただ信じられなかったです」

「怒ったり感情をあらわにするのを見せたことがないというのは、同僚に対してだけでしょうか」

「被疑者に対しても攻撃的な言動をすることはなかったと記憶しています。もちろん事件が起きれば犯人を逮捕するために必死に仕事をされていましたが……ただ、取り調べで被疑者に対峙したときも、怒りの感情ではなく、どこか諭すような接しかたをしていたと思います」

その証言から、涼香は激情に駆られて殺人を考えるような人間性ではないことを多少は引き出せただろうか。

「二〇一八年の十月十五日のことについてあらためてお訊きしたいのですが。出勤してきた垂水さんにどのような印象を持ちましたか」

「先ほども話したように普段通りに思えました」

「具体的にどういったことでそう思われたんですか？」

「話しかけたらすぐに笑顔で応えてくれましたし、現場に出たときもテキパキと仕事をしていました。一緒にお昼ご飯をとったときも、特に悩んでいるような様子は窺えなくて、普通に世間話をしていましたね」

「そのとき、垂水さんとどのような話をしましたか？」

「たしか……よその管轄で起きた殺人事件の被疑者が逮捕されたと朝のニュースで知ったので、その話をしていたと思います」

「普段、垂水さんとはそういった話題が多いのですか」

「そうですね。プライベートなことはほとんど話さないので、するとしたらだいたい仕事のことと、世間で起きている事件のことについてですね」

「警察官という仕事柄、身の危険を感じたり、極度の緊張を強いられたり、激しく動揺するようなことがあると思われるのですが、いかがでしょうか」

「他の仕事に比べればそういうことは多いと思います。特に刑事課の仕事であればなおさら」

「実際に、垂水さんと一緒に仕事をされている中で、人が殺される現場を見たり、おふたりが身の危険にさらされるようなことはありましたか」

「幸いなことにそういう現場を見るという経験はありません。それに殺人事件の捜査に携わったこともありません。身の危険にさらされるという点でいえば、私ではないですが垂水さんが、ある傷害事件の被疑者を検挙する際に暴行されて怪我を負わされたことがありました」

「暴行ですか？」

「ええ。逮捕しようとした際に被疑者が逃げ出して、垂水さんが追いかけて取り押さえようとしたんですが、顔面を殴られて押し倒されました。それでも垂水さんは被疑者を押さえつけて、そのまま逮捕することができました。垂水さんは鼻血を出して、地面に身体を打ちつけられて痛そうにしていましたが、大事には至りませんでした」

「そのとき、もしくはその後の垂水さんの様子はどうでしたか？　怯えたり、動揺されたりしたんでしょうか」

「いえ、そういう感情を表に出すようなことはありませんでした。その事件の取り調べには垂水さんも立ち会いましたが、冷静に対応していたと思います」

「先ほども、垂水さんが怒ったり、感情をあらわにしたりするのを見たことがないとおっしゃっていましたが、それが普段の垂水さんの印象ということでしょうか」

「そうです」

加納を死なせてしまうという予期せぬ出来事が起きたが、涼香はことさら無理をして平静を装っていたわけではない。

「弁護人からは以上です」

凜子が言うと、「補足で質問させていただきたいのですが」と彩の声が上がった。

「では検察官、再主尋問をどうぞ」

裁判長に促され、彩が立ち上がる。

「被告人と一緒に仕事をしている間に殺人事件の捜査に携わったことはないということですが、たとえば子供が身の危険にさらされたような事件は発生しませんでしたか」

涼香が被疑者に対して感情をあらわにしないのは、響の死を想起させるような事件ではないからだと訴えたいのだろう。

彩の質問に、「ありませんでした」と吉岡が答える。

「検察官からは以上です」

彩が席に座ると、裁判長がこちらを見て「弁護人からは何かありますか」と訊いた。

「いえ……」と凜子が答えると、裁判長が両隣に座った裁判官や裁判員に目を向けて「何か訊きたいことはありますか」と訊く。特に質問はないようだ。

「それでは証人は退廷してください」

裁判長に促されて吉岡が柵の外に出ると、続いて三人目の証人が呼び出される。加納が亡くなるまで活動していたネクスターのメンバーである大隅健太だ。

人定質問をして大隅が宣誓を終えると、彩ではなく桧室が立ち上がった。

「検察官の桧室からいくつか質問させていただきます。あなたと被害者である加納さんとの関係を聞かせてください」

「ゆ、友人です……」緊張しているようで声が上ずっている。

その後、加納と知り合った経緯や、尾行を頼まれたときの状況、またその後会ったときの様子について長いやり取りが続く。

以前、自分たちが大隅から聞いた話とほとんど差異はない。

「……あなたが尾行した女性はこの法廷にいますか？」

桧室の質問に、大隅が大きく頷く。

「言葉にしていただけますか」と桧室に言われ、「います」と大隅が大きな声で答える。

「どなたですか？」

桧室の言葉に導かれるように、大隅がこちらに顔を向ける。「被告人のあの人です」と涼香を指さした。

「間違いありませんか」

訊いてきた桧室のほうに大隅が視線を戻し、大きく頷く。先ほどの指摘を思い出したようにすぐに「はい。間違いありません」と言う。

「話は変わりますが、あなたたちがやっていたバンドについて訊かせてください」

桧室が言うと、「どんなことですか？」と大隅が返した。

「プロを目指していたバンドだったんでしょうか」

「もちろんです」当たり前だというように大隅が言う。

「加納さんを含めたバンドのメンバー全員がプロになりたいと思っていましたか？」

「そうです」

「その中でもプロになりたいという気持ちを一番強く持っていたのはどなたですか」

「みんなと言いたいところだけど、やっぱり加納くんが一番強く持っていたと思う。自分は音楽以外の取り柄はないし、音楽以外のことで生活していく自信はないみたいなことを常々言っていたし。それに後で知った話ですけど、前にやっていたバンドがメジャーデビューの寸前までいってたそうだから。そちらの被告人が証拠を捏造したせいで白紙になったらしいけど」

「ありがとうございます。検察官からは以上です」そう言って桧室が席に着く。

裁判長に促され、隣に座っていた西がひとつ大きな息を吐いて立ち上がった。

「それでは弁護人の西からいくつか質問させていただきます。まず、加納さんと最後に会ったときのことについて訊かせてください」

西の声を聞きながら、凛子は証言台の前に座る大隅を見つめた。

「バンドの練習をした後に居酒屋に行って加納さんと話したとのことですが、そのときにお酒は飲んでいましたか？」

西が訊くと、「そりゃあ、居酒屋に行ったんですから飲んでましたけど……」と当たり前だというように大隅が答える。

「バンドのメンバー、全員がですか？」

「はい。下戸《げこ》はいないんで」

「どれぐらいの時間、居酒屋で飲んでいましたか」

「どうだったかなあ……」そう言って大隅が頭をかく。「八時ぐらいに練習が終わって終電の直前までいつも飲んでるから、その日も四時間弱ぐらい飲んでたと思います」

「いつもどれぐらいの量を飲まれるんですか」

「数えながら飲んでるわけじゃないのではっきりとはわからないけど……」

戸惑ったように大隅が言うと、「だいたいでかまいません」と西が返す。

「ビールや酎ハイを八杯から十杯ってところですかね」

「けっこう飲まれるんですね」

「そうですかね？　バンドをやってるっていっても、それぞれ仕事を持っていて、みんなで会うのはせいぜい月に二、三回ぐらいですから。会ったときにはいろんな話をするから、それぐらいの量を飲んじゃいますね」

「バンドのメンバーと飲むときには、いつもどんな話をされるんですか」

「いろいろですよ」

「少し具体的に聞かせていただけるとありがたいです」

西の言葉に、大隅が考え込むように顔を伏せて唸る。しばらくして顔を上げて口を開く。

「だいたい多いのはバンドの話かな。曲作りのこととか、次はどこでライブをしようとか……あと、それぞれの仕事の話もします。たいていは愚痴ですけど。それに恋愛話とかですかね」

「加納さんも恋愛話をしていたんですか？」

「いや……加納くんはそういう話には関心なさそうでした。加納くんが話すのはだいたい音楽のことか、それこそ仕事の愚痴です」

「ホストクラブの？」

「そうですね。そもそも加納くんは女性と接するのが苦手なところがあって……だから相手にするのは面倒くさい……いや、苦痛だとさえ言ってました」

「苦痛に思う仕事をどうして続けていたんでしょう」

「それはお金のためでしょう。それ以外にありませんよ」

「加納さんはホストクラブでけっこう稼いでいたんでしょうか」

「ひとりで生活するのに困らず、バンド活動をしていけるぐらいは稼いでいたでしょうけど、テレビに出てくるような月に何百万円も稼ぐようなことはありません」

「具体的に給料の額を聞いたことはありますか？」

「ええ。月によって多少の違いはあると言ってましたけど、だいたい二十万円ぐらいだと話していました」

「ところで、大隅さんたちがやっていたバンドでの収入はありましたか？」

「バンドの収入はほとんどありません。もちろんライブをやったらチケットを買ってもらうんですけど、ライブ会場やスタジオの費用を差し引いたらプラマイゼロみたいな感じなので。ただ、中には熱心なファンもいて、けっこう高価なものをプレゼントしてくれたりもしました」

「そうなんですか」西が頷きかける。「ライブにはどれぐらいのお客さんが集まるんですか？」

「四、五十人ぐらいですかね」

「男女の比率は？」西が執拗にバンドのことを訊いていく。

「男三割、女七割……かな」

「先ほどファンの人からプレゼントをもらうと話されていましたが、女性が多いですか？」

「ほぼ女性ですね」大隅が即答する。

「誰へのプレゼントが一番多かったですか」

「それは加納くんですね。ボーカルで一番目立つから。それに加納くんが前にやっていたファーストレーションってバンドのファンの何人かもネクスターに流れてたから」

「そんなに熱心なファンがついていたら、加納さんも嬉しかったでしょうね」

「まあ、そうでもなかったんじゃないですかね……」

大隅の意外な反応に、凜子は隣に立つ西をちらっと見た。表情を変えないまま西が
「どうしてそう思われるんですか」と訊く。

「先ほども言いましたけど、加納くんは女性と接するのを苦手にしてたから」

「でも、バンドのファンは女性のほうが多いんですよね」さらに西が訊く。

「まあ……もちろんファンがいなければバンド活動はできないから加納くんも本人の前ではいい顔をしていたけど、後で『うざい』とか『やってらんねえ』とか悪態をついてましたね」

「二面性があったということですか？」

「まあ、そういうことですかね。もらったプレゼントもショップで売れる物はすぐに換金して、手作りの物は捨ててたし」

「どうして加納さんはそれほど女性に対して苦手意識を持っていたんでしょう」

「それこそ二面性があると感じていたからじゃないですか」

その言葉の意味が凜子にはよくわからない。

「どういう意味ですか？」西が訊く。

「昔のことはあまり話したがらなかったけど、一度だけ酔ったときに学生の頃の話を聞いたことがあります。ずいぶん酷いいじめに遭っていたみたいで……主にいじめていたのは男子生徒だったけど、女子生徒からもからかわれたり、馬鹿にされたり、恥ずかしいところを見られたりしたって。今の自分には音楽があるからこうやってまわりに人が集まってくるけど、人間なんて信じられないって」

「大隅さんたちバンドのメンバー以外は、ということでしょうか」

西の言葉に反応するように大隅が苦笑する。

「俺たちだって信じられていたかどうかはわかりません。ファンの女も男も、ホストクラブの客も、俺たちバンドのメンバーも、加納くんからすれば有名になるための手段に過ぎなかったのかもしれない」

「加納さんと最後に会ったときのことに話を戻します。そのときも加納さんが話していたのは音楽のことと仕事のことだったんでしょうか」

西の言葉に「たしかそうだったと思います」と大隅が答える。

「具体的にどんな話をされたかは覚えていますか」

「加納くんがCDを作ろうと言った以外には、どんなことを話したか詳しく覚えていません」

「他の話はほとんど覚えていないのに、どうしてCDを作ろうと言ったことは覚えていたんでしょう？」

「それは……やっぱり印象的な話だったから」

「それで大隅さんはどのような反応をされたんでしょう」

「そんな金ないよって加納くん以外のバンドのメンバーで言いました。そしたら自分に任せろと得意げに言いました。そんな金があるのかよって訊いたら、いい金づるが見つかったからって加納くんは答えました。それでCDを作って、それを足掛かりにしてメジャーデビューをして、奪われたものを取り返してやるって……」

「その言葉は正確でしょうか？」

西が訊くと、大隅が裁判長のほうに据えていた視線をこちらに向けて首をひねった。

「どういうことですか？」大隅が訊き返す。

「いえ、実際にそのような発言があったのかを確認させていただきたくて。CDを作ろうと加納さんに言われたのはバンドのメンバーにとって印象的な話だったのかもしれませんが、その日にしたそれ以外の会話についてはほとんど覚えてらっしゃらないということですので、もしかしたら聞き間違いや思い違いの可能性もあるのではないかと」

こちらに向けた大隅の顔が曇る。西の言葉によって少し自信をなくしているように映った。

「加納さんと交わしたというその会話は、この裁判において非常に重要な意味を持ってきます。正確に覚えていることだけをお話しいただければと」念を押すように西が言う。

「……一言一句その言葉で間違いないかと言われると、ちょっと自信がないです。でも、『いい金づるが見つかったから』というのはたしかに言っていました。加納くんの口から『金づる』って言葉が出てきたのは意外だったから、それははっきりと言えます」

「それ以外の言葉についてはどうですか？　CDを作って、それを足掛かりにしてメジャーデビューをして、奪われたものを取り返してやる……という言葉についてですが」

「それについては……ちょっと自信がなくなっちゃいました。CDを作るっていう言葉を聞いて、自分が単にそう思ったのかもしれません。ただ……『奪われた』みたいなことを言っていたのも記憶してます。それも強い言葉だったので、印象に残っていて。でも、『奪われたものを取り返してやる』という言葉だったかどうかは……」大隅がそう言って首を横に振る。

「申し訳ありませんが、言葉にしていただけますか」やんわりと西が言った。

「そうでしたね……『奪われたものを取り返してやる』という言葉だったかどうかは、はっきりと覚えていません。『奪われたものを奪い返してやる』だったかもしれないし、『奪われた憎しみを晴らしてやる』だったかもしれないし、もっと他の言葉だったかもしれません」

「ありがとうございます。『いい金づるが見つかった』という言葉だけは、はっきりと覚えているわけですね？」

「ええ」

「加納さんの言葉を聞いて、その金づるというのは被告人だと思われたと先ほどの検察官とのやり取りでおっしゃっていましたが、それはどうしてですか？」

「それは……加納くんから尾行を頼まれたからです」

「それだけですか？」

「あと……実際に、その話をした二日後に加納くんはその人に殺されたわけですし。何か関係があると普通は思うでしょう」

「金づるというのが、被告人以外である可能性は考えましたか？」

西に訊かれ、「いえ」と大隅が首を横に振る。

「たとえばホストクラブのお客さんであるとか、あるいはファンのかたであるとか」

「考えませんでした」大隅が答える。

「どうして考えなかったんでしょう？　月に二十万円ほどの稼ぎであるホストに、いわゆる太いお客さんがついたら、金づるに思えるのではないかとも感じるのですが。それに高価なプレゼントを贈るようなファンが現れてもそうです」

「やっぱり……尾行させられたっていう印象が強かったからかな。客を尾行して身元を調べる理由を考えたら、何かやましいことに結びつけちゃうじゃないですか。たとえば相手が既婚者だとすれば、ホストクラブに出入りしていることや、もしその人と肉体関係があったのだとすれば、それをネタに金を出させたりするとか」

「今のお話は大隅さんの想像であって、加納さんが言っていた話ではないですね」

「それはそうですが……」

「そうすると、金づるが被告人のことを指していると考えた根拠は、尾行を頼まれたという事実以外になく、それも大隅さんの想像によるものだということですね」

「……まあ、そういうことになりますかね」

今までにない弱々しい口調で答える大隅を見つめながら、西が小さく頷いてすぐに口を開く。

「最後の質問ですが……大隅さんたちとバンドを組んで活動していたわけですけど、加納さんは本当にプロとしてデビューして有名になれると思っていたと、大隅さんは感じていましたか」

「どういう意味ですか？　俺たちにそんな力はないって加納くんから思われてたかってことですか」むっとした口調で大隅が言う。

「いやいや、そういう意味ではありません」西が手を振りながら否定する。「仮にネクスターにメジャーデビューのチャンスが訪れたとしても、加納さんが過去に逮捕されたことがあると知られたら、また白紙になってしまうかもしれません。たとえデビューしても、いつそのことが公になってしまうのか、そうなったらバンドはどうなってしまうだろうかと、加納さんが不安に思っても不思議ではないように思いまして」

「たしかにそうですね……」

「加納さんが、自分の、もしくはバンドの未来に対して、何か悲観的なことを言っていたりしたことはありませんか」

涼香によって証拠を捏造されて窃盗事件で逮捕されたことで、加納は自分の人生を諦めていたのではないか。バンドでプロデビューを目指すことよりも、涼香に対する憎悪の念が勝っていたとすれば、怒りに任せて殺そうとしたとしても不思議ではない。

「そういう悲観的な話は聞いたことがありません。加納くんがどう思っていたのかはわかりませんが……少なくとも自分は耳にしませんでした」

「そうですか。弁護人からは以上です」

西が席に着くと、「検察官からは何かありますか」と裁判長が訊く。

「いえ、ありません」と桧室が答え、裁判長が裁判官や裁判員に「何か訊きたいことはありますか」とさらに訊く。特に質問は出てこない。

裁判長が次回の公判日時を告げ、「それでは本日はこれで閉廷します」と言って立ち上がる。

凜子も立ち上がって一礼した。椅子に座ると、検察側の証人尋問が終わったことに安堵して、思わず溜め息が漏れる。

「立ち上がりとしては悪くないな」

西の声が聞こえて、凜子は隣に目を向けた。

「そうですね」

刑務官がやってきて、手錠と腰縄をして涼香を立たせる。

「垂水さん」

凜子が呼びかけると、涼香がこちらに顔を向けた。

「最後まで頑張りましょうね」

涼香が小さく頷いて、刑務官に挟まれながら歩いていく。

39

西とともに一〇三号室の前に立ち、持月凜子はベルを鳴らした。すぐにドアが開いて、晴恵が顔を出す。

「どうぞお上がりください」と晴恵に促されて中に入ると、男物の靴が目に留まった。すでに輝久は来ているようだ。

晴恵に続いて凜子と西は奥に進んでいく。襖《ふすま》が開けられると、座卓の前で正座していた輝久が立ち上がった。初めて目にする背広姿で、きれいに髭を剃《そ》った顔が少し引きつっているように思える。

「今日はよろしくお願いします」

輝久の言葉に会釈で返して、凜子は西と並んで向かい合うように座った。晴恵がふたりの前にお茶と菓子を出して輝久の隣に座る。

「明日はこのような格好で行こうと思っていますが、大丈夫でしょうか」落ち着かないというように身体を小刻みに動かしながら輝久が訊く。

明日の第三回公判に輝久が弁護側の証人として出廷する。

「まったく問題ありません。十時から公判がありますので、九時半に裁判所の一階ロビーにいらっしゃっていただけますか。勾留理由開示請求のときと同じ場所で」

凜子が言うと、「わかりました」と重い溜め息を漏らして顔を伏せた。

明日のことを考えてかなり緊張しているようだ。それもそうだろう。裁判を傍聴したことはあるが、証言台の前に立たされるのは初めてにちがいない。

「お仕事のほうは問題なくお休みできたんですか」西が輝久に問いかける。

「ええ、平日は出勤なので有給休暇をもらいました。さすがに妻の事件の裁判に出廷するとは言えませんでしたが……」

輝久は涼香の事件の影響で新聞社を辞めたが、三ヵ月ほど前にフリーペーパーを制作する会社で働き始めたという。

「事件のことは会社のかたには？」気になって凜子は訊いた。

「今のところ知られていません」輝久がちらっと隣の晴恵を見て、すぐにこちらに視線を戻す。「いや……たとえそれを知られたとしても、もう大丈夫です。どんな結果になろうとも私は……私とお義母《かあ》さんは涼香のことを信じますから。そうですよね？」

同意を求めるように輝久に言われ、晴恵が頷いた。

「でも……輝久さんからそう言ってもらえるのは嬉しいけど、やはり裁判で無罪になってもらいたいです。あの子は証拠を捏造するという警察官としてあるまじきことをしてしまったんでしょうけど、殺意を持って人を死なせたのではないと……裁判の状況はどうなんでしょうか？」

傍聴していないふたりにすれば最も気になることだろうが、どのように答えていいかわからず、すぐに言葉にできなかった。

第一回公判には、草間賢治《けんじ》、吉岡博司、大隅健太の三人の検察側の証人が証言台に立った。

第二回公判では司法解剖をした医師が検察側の証人になり、自分たち弁護側は法医学者に依頼をして、傷の形状などから殺意や正当防衛と見られる状況の有無を争った。だが、弁護側も検察側も相手側の証言や鑑定を突き崩すまでには至っておらず、裁判官や裁判員がどのような印象を抱いているかはわからない。

「どちらとも言えませんが、今の状況では有罪になる可能性はまだ充分にあります」

輝久と晴恵の視線が西に向けられる。

「明日の証言が大事だということですね」

輝久の言葉に、「そうです」と西が頷く。

明日行われる第三回公判の弁護側の証人には輝久と、涼香が事件を起こす前日に会っていた葉山文乃と、八年前に加納が起こした傷害事件の被害に遭った牧田匠海を予定している。だが、匠海に関しては出廷してくれるかどうかわからない。

「明日ですが……どのようにお答えすればいいんでしょうか」輝久が心細そうな声音で訊く。

「検察からはどのような質問があるかわかりません。私たちからの質問は以前お見せした通りなのですが……」

凜子はそこまで言って隣の西を見た。西が後を引き継ぐように口を開く。

「ふたりで話し合いましたが、質問にどう答えていただくか、打ち合わせなどはしないほうがいいだろうと思っています」

西が言うと、「えっ？」と輝久の表情に戸惑いがにじんだ。

「予定調和なやり取りよりも、私たちがする質問にその場でひとつひとつお考えになられながら正直に自分の思いを伝えたほうが、裁判官や裁判員の胸に響くのではないかと思います」

輝久が納得したように「わかりました」と頷いた。

その後、ふたりと少し話をして、凜子と西は飯山《いいやま》家を辞去した。

アパートを出ると、「匠海くんのほうはどうなってる？」と西が訊いた。

「あいかわらずの状況です」

連日牧田家を訪ねているが、匠海は部屋に引きこもったままで、声すら聞けていない。

「この後、伺わせていただきたいとお母さんに連絡しました。何とか出廷してくれるよう最後のお願いをしてきます」

「俺も行こうか？」

西の言葉に、凜子は戸惑った。

牧田家を訪ねた最初の頃は西も同席していたが、事件のショックを引きずって匠海は今でも大人の男性に対して恐怖心を抱いているという母親の久美の言葉を聞き、それ以降は凜子ひとりで対応することにしていた。

「匠海くんを苦しめるようなことはしない」

西が同席したとしても状況が好転するとは思えないが、公判の重要な局面を前にして、できるかぎりのことはしたいという気持ちは自分にもわかる。

「わかりました。行きましょう」凜子は頷いて、西とともに川口駅に向かって歩き出した。


三〇一号室のベルを鳴らすと、ドアが開いて久美が部屋から出てきた。凜子の隣に立つ西を見て少し表情を曇らせる。

「申し訳ありませんが、少しだけ同席させてもらえないでしょうか」西が頭を下げる。

最後の説得だと理解してか、久美があっさりと了承して凜子と西を部屋に通した。

ダイニングに入ったが匠海の姿はない。隣にある匠海の部屋の閉ざされたドアを見つめる。

凜子はケーキの箱を久美に渡して、「その後、匠海くんとお話はされましたか？」と訊いた。

「ドア越しに話しかけてみたんですけど、まったく応えてくれなくて。私が仕事で部屋を出ていくまで、用意している食事にも手をつけない状態で……」

「匠海くんに呼びかけてみてもいいでしょうか」

久美が頷くのを見て、凜子は匠海の部屋の前に近づいた。優しい手つきでドアをノックする。

「匠海くん……持月です。何度もしつこく押しかけて申し訳ないけど、今日が最後だから話だけでも聞いてもらえないかな。最後に匠海くんの顔を見て話がしたい」

ドアに向かって凜子は訴えたが、中から反応はない。

「私たちは匠海くんが嫌だと思うことを無理にさせる権利も資格もない。でもね、これだけは言わせてほしい。匠海くんが八年前の事件について裁判で話してくれることで、もしかしたら垂水さんの人生が救われるかもしれないの。匠海くんにとっては赤の他人かもしれないけど、私たちは垂水さんを救いたい。以前、垂水さんの話をしたよね。垂水さんは、あなたに酷いことをした人に息子さんを預けた。そしてそのすぐ後に息子さんが亡くなってしまった。息子さんを亡くしたことで彼女はずっと苦しんでいる。私たちはこれ以上彼女の人生が苦しいものになってほしくない。明日の昼の一時に匠海くんが証言する場を設けているの。できれば……」

いきなり大きな物音が響き、凜子は驚いてドアから身を引いた。

中からドアに向かって何かを投げつけたようだ。拒絶の意思表示だろう。

凜子は落胆しながらドアから離れ、久美と西のいるテーブルに向かった。

「何度もお越しいただいたのに申し訳ないんですけど、やっぱり今のあの子には無理だと思います。法廷の証言台に立ってあのときのことを話すのは……」

恐縮するように言った久美に、「いえ」と凜子は小さく首を横に振った。西に目を向けて「失礼しましょうか」と告げる。

「嫌われついでに、僕からも少し話させてください」

西がそう言って椅子から立ち上がると匠海の部屋に向かう。ドアの前で立ち止まると腰を落として胡坐《あぐら》をかいた。手を伸ばしてドアを二回叩く。

「弁護士の西です。四ヵ月前にここから何度か声をかけたけど覚えているかな？　話したくなければ何も応えなくていい。ただ、少しだけ僕の話を聞いてほしい」

部屋に向けて声をかける西を凜子は見つめた。

「さっき持月さんが君にお願いしたことは僕自身も望んでいる。だけど、君がそうしたくない、できない気持ちもわからないではない。裁判の証言台に立てば、八年前の事件について詳しく話さなければならないし、大人たちから思い出したくないことを根掘り葉掘り訊かれることになるだろう。君の心の傷をさらに広げることになるかもしれないし、きっと苦しい時間になるだろう。君にとっては恐怖以外の何物でもないのは僕にもわかる」

いったい何を言っているのだと狼狽えた。

そんなに恐怖心を煽れば、さらに出廷を拒ませてしまうだけではないか。

「だけど……君はいつかその恐怖に打ち勝たなければならない。ずっと部屋に閉じこもっていては大切な人を守ることはできないから。自分でも気づいているんじゃないか？　今のままでは大切なお母さんを守ることができないと。君にとって唯一の家族であるお母さんを。今まではお母さんが君を守ってきたけど、これからずっとそういうわけにはいかない。君はわかっているはずだ。……だからいつかは、自分がされたおぞましい記憶に真正面から向き合って、心の中で必死に闘って、その恐怖に打ち勝って、部屋から飛び出さなきゃいけない。それが明日でなくてもいい。だけど約束してほしい。いつか……いつか自分を苦しめ続ける恐怖と必ず闘うと」

話し終えた後も西はしばらくドアを見つめているが、中からは何の反応もない。

諦めたように西が立ち上がってこちらに向かってくる。

「伝えたいことは伝えた。これで失礼させていただこう」西はそう言うと、久美に会釈して玄関に向かう。

凜子はちらっと匠海の部屋のドアを一瞥して、西の後に続いた。

## 40

「ご起立ください――」

裁判所事務官の声に、持月凜子は立ち上がった。裁判官と裁判員と補充裁判員が法廷に入ってくる。

「それでは開廷します。一礼して席に座る。

裁判長がそう言って証人を呼ぶと、背広姿の輝久が緊張した足取りで廷内に向かう。

こちらのほうを見た輝久の表情が大きく歪んだ。妻の涼香と目を合わせて、様々な感情がこみ上げてきたのかもしれない。

証言台の前に立ち、人定質問が終わると、気を取り直したように輝久が宣誓書を読み上げる。

係員に宣誓書の紙を返して輝久が証言台の前に置かれた椅子に座ると同時に、凜子は書類を持って立ち上がった。

「それでは弁護人の持月から質問させていただきます。まず、あなたと被告人との関係をお聞かせください」

凜子が訊くと、輝久がマイクに口を近づけて「妻です」と答える。

「失礼ですが、現在も婚姻関係にあるのでしょうか」凜子はさらに訊く。

「そうです」

「ご結婚されてどれぐらいになりますか」

「今年で十年目になります」

「お子さんはいらっしゃいますか」

それまでよどみなく質問に答えていた輝久が言葉を詰まらせる。しばしの間の後、

「息子がひとりおりました」と少し震えた声で答える。

「お亡くなりになられたということですか」

公判にとって必要なこととはいえ、響の質問を続けるのは辛い。

「ええ……」

「大変申し訳ありませんが、息子さんがお亡くなりになったときの状況を詳しくお聞かせいただけますか」

輝久が大きく息を吐いた。マイクに顔を近づけて響が亡くなるまでの状況と死因について話す。

「息子さんの様子がおかしくなるまでの経緯については、奥様からお聞きになったんですか」

凜子が訊くと、「そうです」と輝久が答える。

「妻は息子が亡くなってしまったのはきっと自分のせいだと……激しく自分を責めていました。だけど……そんな妻を私は慰めてやることも寄り添うこともしてやれなかった……」輝久がポケットから取り出したハンカチで目もとを拭う。

「奥様はどのようなかたでしたか」

凜子が質問を変えると、輝久がこちらに顔を向けた。充血した目で涼香を見つめ、すぐに裁判長のほうに視線を戻す。

「正義感の強い女性でした。それに……人のことを放っておけない、自分のことよりも人のことをまず考える人だったと思います」

「どのようなことでそう感じましたか」

「たくさんありすぎて、すぐにはこれだというものが思い浮かびません。ただ、知り合ったときからそう感じました」

「奥様とはどのようなきっかけで知り合われたんですか」

「私が二十五歳のとき……当時私は地方新聞の記者をしていて、その取材で妻と知り合いました。交番で働く警察官に密着して記事にするというものだったんですが……当時の彼女はまだ二十三歳で、その交番の最年少でしたけど、誰よりも熱心に仕事に打ち込んでいると思いました。私も世の中の不正を少しでも正したいという思いで記者を志《こころざ》しましたが、彼女の仕事ぶりに触れて、自分よりもはるかに正義感と倫理観を持った人だと惹かれて、お付き合いを始めました」

涼香との出会いを語っているうちに、輝久の表情から険しさが薄れ、優しいものになっていく。

「奥様はどうして警察官を志望されたのか、お聞きになったことはありますか」

「ええ、あります。妻は中学二年生のときにお父さんを交通事故で亡くしています。ひき逃げで、犯人は捕まっていません。自分やお母さんのような悲しい思いをする人を少しでも減らしたいから警察官になったと話していました。それに、女手ひとつで自分を育ててきたお母さんに負担をかけたくないという思いで、大学には行かないで働く道を選んだのでしょう」

「家庭で仕事の話をされることなどはありましたか」

「彼女自身の仕事の話はあまりしていなかったように思います。夫婦といっても一応記者と警察官という関係なので、職務に関することをあまり話すべきではないと思っていたのではないでしょうか。ただ、ニュースなどで報じられる事件に関してはよく夫婦で話していました」

「どのようなお話ですか」

「こんな酷い事件を起こす犯人は許せないとか、早く捕まってほしいとか、被害に遭われたかたはお辛いだろうなとか、そのような話です」

「そういう話を彼女から聞いたときにどう思いましたか」

「私もそうですが、彼女も人一倍犯罪というものを憎んでいるんだと思いました」

「警察官という仕事以外の奥様についてはどのような印象をお持ちですか」

「やはり正義感の強い女性だという思いは変わりません。たとえば……外を歩いているときにコンビニの前でたむろして煙草を吸っている高校生ぐらいの若い男の集団を見かけたりすると、妻は怯むことなく声をかけていました。私としては彼らにキレられたりして危害を加えられるのは嫌ですし、そういうことはやめてくれないかとよく注意していたんですが、妻はやめなかったですね。あと、街中やデパートなどでひとり寂しそうに歩いている小さな子供を見かけたときも、必ず駆け寄っていって声をかけていました」

「先ほどおっしゃっていた、人のことを放っておけない、自分のことよりもまず人のことを考えるというのは、そういったことから感じられたのですか」

「そうです。息子が亡くなった日にベビーシッターに預けていたと、この事件があった後に知りました。知り合いのお孫さんが自殺を仄めかすメールを残して行方不明になったので、息子を預けてその子の親と捜していたと。他人のことなんだから息子を見知らぬ人物に預けてまで捜す必要はないじゃないかとやり切れなさを覚えました。だけど同時に、彼女らしいなと少しだけ誇らしくもありました。妻は優しい人です……そんな妻が殺意を持って人を殺すなんてありえません」

「先ほど、息子さんが亡くなったのは自分のせいだと、奥様は激しく自分を責めていたとおっしゃっていましたが、ずっとそのような状態だったのでしょうか？」

「いえ、そのようなことを口にしていたのは葬儀が終わるまでですね。それ以降はそのようなことは言っていません」

「息子さんがお亡くなりになってから奥様が逮捕されるまで四年になりますが、息子さんが亡くなったことに対する奥様の心情の変化などを感じることはありましたか」

「もちろん何年経とうとも息子を亡くした悲しみが完全に癒えることはないと思います。それは私もそうですが……でも、妻なりに、私なりに、少しずつでも前向きに生きていこうとしていました」

「具体的にどのようなことでそうお感じになられたんですか」

「妻はそれまで以上に仕事に励むようになりました。息子のぶんも必死に生きて、人の役に立ちたいと考えていたからだと思います」

「二〇一八年の十月十三日のことについてお訊きしたいのですが……その日のことは覚えてらっしゃいますか」

輝久の表情に緊張が走る。

「……ええ。その後、警察のかたに散々訊かれましたので、かなり正確に覚えています」

「その日、あなたは出勤だったんですか?」

「そうです。朝の八時頃に家を出ました。妻はその日は休みだったので家にいて、私すが」

「奥様と何か話をされましたか？」

「今日は休みだから家で何かおいしいものを作ると。何がいいかと訊かれて、ハンバーグがいいと答えました」

「ハンバーグがお好きなんですか？」

「そうですね。息子も好物でした」輝久の顔にわずかに笑みが漏れる。「おいしいハンバーグを作って待ってるから寄り道をしないで早く帰ってきてねと妻は言って、私を送り出してくれました」

「そのとき、奥様の様子で気になったことなどはありますか」

「いえ、まったく」輝久が首を横に振る。「むしろいつもよりも機嫌がいいなと感じたぐらいです。休みだからリラックスしてるのかなと思いました」

「奥様はその日の予定について何か話していましたか」

「何も言っていませんでした」

「次に奥様とお会いになったのは？」

「夜の七時半頃に私が帰宅したときです」

「そのときの奥様の様子はいかがでしたか」

「普通に出迎えてくれて、まず謝られました」

「どうしてですか？」

「昼間、ちょっと体調がよくなかったので、悪いけどスーパーで買ったお惣菜のハンバーグで我慢してほしいと」

「体調を崩されたというのはどのような？」

「少し頭痛がすると言っていました。気圧の変化でよく頭痛を起こしていたので、それほど特別なことには思いませんでした。実際、それからも具合が悪いようには見えませんでしたし、夕食もふたりでちゃんととりましたし」

「そのとき、奥様はどんな格好をしていたか覚えていらっしゃいますか」

「白いブラウスに花柄をあしらった黒いスカートを穿いていました」

「よく覚えていらっしゃいますね」

「それはもう……先ほどお話ししましたが警察のかたに散々訊かれましたし、それに何年かぶりに見る格好だったので。昔はお気に入りでよく着ていたんですけど……」

「お気に入りだったのにどうして着なくなったんですか？」

「はっきりとはわかりませんが……ただ、息子と一緒に家族でどこかに行ったりするときによく着ていた服なので。その頃のことを思い出してしまうのが辛くて着なくなったのかと私は思っていました」

「その日、奥様は息子さんを預けた加納さんと会っていたわけですが、それを知ったときにあなたはどう思われましたか」

凜子の質問に、輝久が表情を引きつらせる。

「息子がどうして亡くなってしまったのか、その真相を知りたくて会ったのだと思いました」

「それ以外の理由に思いつくことはありますか」

「私には考えられません。先ほども言ったように、妻は正義感が強くて優しい女性だと、私は誰よりもわかっているつもりですから。仮にその人が息子の死の原因に関わっていたと知ったとしても、恨みを晴らすために殺すとは到底思えません」輝久が語気を強めて言う。

「弁護人からは以上です」

凜子は席に座り、隣の涼香に目を向けた。輝久を見つめた目に涙をにじませている。

「それでは検察官、反対尋問を」

裁判長に言われ、彩が立ち上がった。

「検察官の須之内からいくつか質問させていただきます」

輝久が膝の上に置いた手をぎゅっと握り締めたのがわかった。

「被告人は小川北警察署に在籍中の二〇一六年の春に地域課から刑事課に異動になりましたが、それはご存じでしょうか」

彩の質問に「もちろん知っています」と輝久が答える。

「同僚のかたのお話によると、被告人が刑事課への異動を強く希望されていたということですが、あなたにそのような話をしたことはありますか」

「聞いたことはあります。刑事課に行きたいからそのための勉強をしていると。実際、家でもよく机に向かって勉強していましたし」

「それはいつ頃からでしょうか」

「息子が亡くなってから半年ほど経った頃でしょうか」

「それまでも刑事課の仕事がしたいという話はされていましたか」

「いえ、もしかしたら思っていたのかもしれませんが、私はそれまで聞いたことがありません」

「地域課の仕事をされているときに職場の愚痴や、もしくは他の部署に移りたいなどといった話はされていましたか」

「していません。むしろ交番の同僚は皆いい人たちだと言っていましたし、地域の人たちとも打ち解けていたみたいなので、充実した気持ちで仕事をしていたんじゃないかと思います」

「被告人が刑事課への異動を志望されていると知ったとき、あなたはどのように思いましたか」

「どのように……」輝久が考え込むように唸り、しばらくして口を開く。「息子が亡くなって一時期は抜け殻のようになってしまったと感じたこともあったので、新しいやりがいや生きがいを見つけたかったのかなと思いました。まあ、それに、もしかしたら……」

「もしかしたら……何でしょうか？」すぐに彩が突っ込む。

「私と顔を合わせなければならない時間を少しでも減らしたいんじゃないかとも勘ぐりました。刑事課の仕事は地域課に比べてさらに過酷だと聞いていましたので」

「先ほど、ニュースで報じられる事件に関して、ご夫婦でよく話をしていたとおっしゃっていましたよね。こんな酷い事件を起こす犯人は許せないとか、早く捕まってほしいとか、被害に遭われたかたはお辛いだろうなとか」

「ええ……」

「許せない犯人にはどのような報いを与えるべきか、などという話にはなりませんでしたか？」

「妻は警察官で、私は記者だったので、事件報道に触れたときには、どれぐらいの量刑になるだろうかという話はお互いにしていました」

「被害者の立場になったとして、という話になったことはありますか」

「そうですね。被害者やそのご家族からすれば、どのような量刑になったとしても、とても納得できないだろうなという話にはなりました」

「死刑になるような事件の場合はどのような感想だったのでしょう？」

「私も妻も死刑はやむを得ないという考えでした。もちろんそれだけ酷い事件を起こした犯人に対してですが」

「二〇一八年の十月十三日のことについてお訊きします。先ほどあなたは、その日の被告人はいつもより機嫌がいいなと感じたとおっしゃっていましたが、それ以前の被告人はどのような感じだったんですか」彩が質問を変えた。

「ちょっとギスギスしているように感じました」

「ギスギス？」

「硬い表情というか……話しかけづらい雰囲気というか……」

「どれぐらいの期間、そのような態度だったのでしょう」

「それまでの三、四日ほどですかね」

「どうしてそんなふうになっていると思いましたか」

「そのときはわかりませんでした。ただ、弁護人のかたから涼香……いや、妻が旅行の予約をしようとしていたと聞かされて、旅先で離婚を切り出すつもりだったのかなと、そのことを考えていてそういう態度になっていたのかと思いました」

「今はどう思いますか？」それまで書類に向けていた視線を輝久に据えて彩が訊く。

「今は……あの人……加納さんに会うかどうかで悩んでいたのかなと思います」

「会うかどうか、だけでしょうか？」

挑発するような彩の視線に、「それ以外にないでしょう」と輝久が言い放つ。

「ところで息子さんのお墓参りはされていますか？」ふたたび書類に視線を向けて彩が言う。

「もちろんしています。命日には必ず……いや、昨年は妻が勾留されていたのでしていませんが、それまでは毎年……」

輝久の言葉を聞きながら、凜子は嫌な予感がして胸が締めつけられる。

「被告人とおふたりで？」

「そうです」

「ただ、命日といっても、年によっては平日だったりお仕事があったりもしますよね。それでも必ず命日におふたりでお墓参りをされていたんですか？」

「息子の墓は自宅から近いので、お互いに仕事があるときでも時間を合わせて行くようにしていました」

輝久を見つめながら胸がざわついた。

「二〇一八年の十月十日に、今年は命日に墓参りに行けないと思うと被告人が話していたという同僚の証言があるのですが、被告人からそのような話を聞いたことはありませんか」

そう質問した彩と目が合った。こちらを見ながら微笑んでいるように思えた。

凜子は彩から証言台の前にいる輝久に目を向けた。彩が発した質問にどのように答えていいかわからないようで、輝久が言葉を詰まらせている。

「もう一度お訊ねします。二〇一八年の十月十日……被告人が事件を起こす三日前のことですが、今年は息子さんの命日に墓参りに行けないと思うと被告人が話していたという同僚の証言があるのですが、被告人からそのような話を聞いたことはありませんか」今度は少しゆっくりとした口調で彩が訊く。

涼香の同僚だった吉岡がした証言だったが、そのときにはそれほど気にも留めなかった。その日、涼香は勤務日だったので、息子の響の墓参りに行けなかったとしても何ら不思議ではないと思ったのだ。だが、先ほど彩が導き出した、お互いに仕事があるときでも時間を合わせて毎年行っていたという輝久の証言を聞いて動揺している。

事件の三日前に、どうして墓参りに行けないと思うと言ったのだろうと、隣に座る涼香を見た。こちらの視線に気づくことなく、涼香はまっすぐ輝久のほうを見ている。

「……いいえ、妻からそのような話を聞いたことはありません」

その声に、凜子は涼香から輝久のほうに視線を戻した。

「では、同僚に対してそのような発言はしていないと確信は持てますか」

さらに質問を続けた彩に、「……確信までは持てません」と輝久が首を横に振る。

「それはなぜですか」

「それは……その頃の妻とは職場での話などはほとんどしなかったので、妻が同僚に対してどんな話をしていたかということについて、私は何とも言えません」

「ありがとうございます。検察官からは以上です」彩がそう言って席に座る。

「弁護人から何かありますか」

裁判長に訊かれ、凜子は西と目を合わせた。追加の質問はないと、西が目配せする。

「いえ、ありません」

凜子が答えると、裁判長が裁判官や裁判員に質問はないかと訊く。特に質問はなく、「それでは証人は退廷してください」と裁判長が輝久を促す。

この場を去るのが名残惜しいというように、しばらく涼香のほうを見つめてから輝久が柵の外に出る。

次の証人が呼ばれ、葉山文乃が廷内に入ってくる。意志を感じさせる強い視線を裁判官へ向けながら証言台の前に立つ。文乃が人定質問に答えて宣誓書を読み上げると、裁判長の合図で西が立ち上がる。

「弁護人の西から質問させていただきます。まず、あなたと被告人の垂水さんとの関係をお聞かせください」

西の質問に、裁判官のほうを向いていた文乃がこちらを見る。涼香と視線を合わせて正面に向き直り、「大切な友人です」とはっきりした口調で答えた。

文乃の発したその言葉に胸を打たれたようで、涼香が目を潤ませている。凜子がハンカチを差し出すと、涼香が会釈して受け取り、目もとを拭った。

「大切な友人とのことですが……もう少し具体的にお聞かせいただけないでしょうか。垂水さんと知り合ったきっかけなどをお話しいただけますか？」

西の言葉に文乃は頷いて、俊太郎の誘拐事件をきっかけに交流を深めたことを話した。

「……捜査員の中で、そのようにあなたに接した人は他にいましたか？」西が訊いた。

「いえ、そのように接してくださったのは垂水さんだけでした。もちろんお会いした捜査員の皆さんが、被害者の遺族である私を気遣ってくださっていたと思います。ただ、被疑者が逮捕されてからも、私のことを気にかけてくださったのは垂水さんだけです」

「そのような関係はいつ頃まで続いていたのでしょうか」

「この事件が起こる直前までです」

「ということは、垂水さんとの関係はおよそ二年に及びますね。二年間接していて、垂水さんに対してどのような印象をお持ちですか」

「正義感の強いかただと思います。警察官という職業を差し引いても強くそう思います」

「どのようなことでそう思われましたか」

「誘拐事件の容疑者が逮捕されるまでの二ヵ月間、垂水さんはいっさい休みを取ることなく、捜査や私へのケアに尽くしてくださいました。いくら仕事とはいえ、なかなかできることではないと思います。その後お付き合いを続けるようになってからも、少しでもこの世から犯罪というものをなくしたい、私のように悲しい思いをする人を少しでも減らしたいと、垂水さんは度々おっしゃっていました」

「私、というのは葉山さんのことですか？」

「そうです」

「そのような話をどう思って聞いていましたか」

「垂水さんは犯罪というものを強く憎んでいる人だと思いました。警察官だから体面上そのように言っているのではなく、心からそう思っているのだと私には感じられました。だから……垂水さんに人を殺すことなんかできるはずがないと私は思っています」

「今までお話しされたこと以外に、垂水さんとの関係で印象に残っていることはありますか？」

「そうですね……」考え込むように文乃が首を巡らせ、すぐに裁判官のほうに視線を戻す。「やはり……息子の事件の証拠を発見してくれたことでしょうか」

「息子さんの事件の証拠というのは何でしょう？」

「誘拐されたときに息子が持っていたミニカーです。目撃情報や防犯カメラの映像から息子と一緒にいた男が特定されて、警察が部屋を捜索した際に、同行していた垂水さんがミニカーを発見してくれたんです。ミニカーから息子の指紋が検出されたことで男は逮捕されました」

「そうですか……ところで、垂水さんにお子さんがいらっしゃったのはご存じでしょうか」西が話題を変えた。

「知っています」

「どのようなきっかけで垂水さんはお子さんの話をされたんでしょう」

「息子の葬儀のときです。何人かの警察のかたが参列してくださって、葬儀が終わってからも泣き崩れている私に垂水さんが声をかけてくださいました。自分も大切な息子を三歳で亡くしているので、私の苦しみは痛いほどわかると。自分に力になれることがあれば何でも言ってくださいと優しい言葉をかけてくださって……」

「亡くなった原因については聞いていましたか？」

「急性硬膜下血腫で三歳のときに亡くなったと」

「それ以外に垂水さんからお子さんの話を聞いたことはありますか」

「知り合って最初の頃に、お子さんとの思い出話を何度か聞いたことがあります。ただ、いつも最後は大切な息子を死なせてしまったのは自分のせいかもしれないと……急性硬膜下血腫は頭部への外傷で起こることが多いそうで、そうなってしまったのは自分が目を離してしまったからではないかと。その話を聞いて、私も息子のことを思い出して自責の念に駆られて泣いてしまうので、それからはあまりお子さんのことを話さなくなりました」

「話は変わりますが、垂水さんと最後に会ったのはいつか覚えていますか」

西が訊くと、「二〇一八年の十月十二日です」と文乃が即答する。

「事件が起きる前日ですね。どういった経緯で垂水さんと会うことになったんですか」西が続けて質問する。

「その日の夜……垂水さんから連絡がありました。仕事の帰りにケーキを買ったので、よかったら一緒に食べませんかと。それで垂水さんが私の家にいらっしゃいました。とはいっても、私はほとんどケーキを口にできませんでしたが」

「どうしてですか?」

「そのときも息子のことを思ってひどく落ち込んでいましたので。私が泣き出してしまうと垂水さんも自分のことのように泣いてくれました」

「その日、垂水さんがあなたに話したことで覚えていることはありますか」

「お会いしたときは、ただただ私の身体を気遣うようなことを言ってくれました。お互いに泣き出してしまってからは、垂水さんが『ごめんなさい』と呟いたのが印象に残っています」

「ごめんなさい……垂水さんは誰に、何に対して詫びたのでしょう?」

「垂水さんから聞いたわけではないので、はっきりとはわかりません」文乃が首を横に振る。「ただ、私はお子さんに対して詫びているのだろうと感じました」

「それ以外に垂水さんと話されたことはありますか?」

「息子を殺した犯人の裁判の話になりました。逮捕されてから二年近く経つのに裁判が始まらない無念さを垂水さんにぶつけました。犯人がたとえ極刑になったとしても、私の心が癒されることはありません。ただ、あのとき息子の身にどんなことが起こったのか、どうして息子は死ななければならなかったのか、早く真実が知りたいと。それが叶わないまま、息子の無念だけを抱えて生きていかなければならないなら、いっそ死んでしまったほうがマシじゃないかと垂水さんに訴えました」

「あなたの訴えを聞いて垂水さんは何と言っていましたか」

「生きなければいけない、と……どんなに苦しくても勇気を持って生きていかなければいけない。私も勇気を持つから。そう垂水さんはおっしゃっていました」

「私も勇気を持つから……垂水さんはどうして勇気を持たなければならなかったのですか？」

「正直なところ、そのときにはわかりませんでした。私も訊くことはなかったので。でも、今は……被害者の加納さんに会う勇気を持つという意味だったんだと思います。ベビーシッターをしていた加納さんに息子さんを預けたときに何があったのかを、どうして息子さんが亡くならなければならなかったのかを知るために……」

「その日の垂水さんの様子に変わったところはなかったでしょうか」

「変わったところ、ですか？」

文乃が訊き返すと、「ええ」と西が頷く。

「二年間接している中で、それまでの垂水さんからは感じたことがないような言動であったり態度であったり……」

「私は何も感じませんでした。いつもの垂水さんだと思いました」

「垂水さんが殺人の容疑で逮捕されたと知ったとき、あなたはどう思いましたか？」

「ただただ信じられませんでした。今でも信じていません」

「ありがとうございます。弁護人からは以上です」と言って西が座ると、「それでは検察官、反対尋問を」と裁判長が呼びかける。桧室が立ち上がった。

「それでは検察官の桧室からいくつかお訊きします」

その言葉を聞きながら文乃の表情が硬くなる。

「先ほど、被告人から亡くなったお子さんの思い出話を聞いたことがあるとおっしゃっていましたよね」

「ええ……」警戒するような声音で文乃が頷く。

「それを聞いて、被告人はお子さんに対してどのような感情を抱いていたと思われましたか」

「何物にも代えられない大切な存在だと……今でもそう思っていらっしゃるんだと感じました」

「あなたと知り合った時点で、被告人のお子さんが亡くなってから二年経ちます。あなたと最後に会ったときには四年です。あなたが接していた二年間、被告人はずっとそのように思っていると感じていましたか？」

「はい……」

「被告人は息子さんが亡くなったことを、ずっと引きずっていたということでしょうか」

　正面を向いていた文乃が険しい眼差しで桧室を見る。

「あの、大変失礼ですが……検察官さんにお子さんはいらっしゃいますか」

　いきなり文乃から質問されて、桧室が怪訝そうな表情になる。

「ええ、十歳の息子がおりますが……すみません、質問に答えていただけますか？」

「大切な子供を失った親からすれば、どんなに年月が経とうと子供に対する思いは変わりません。けっして忘れることもありません。忘れられないことが引きずることになるというのならば、そうなのでしょう」

「そうなのでしょうというのは、どういうことでしょう？　大変申し訳ありませんが、はっきりとした言葉でお話しいただけないでしょうか」慇懃《いんぎん》無礼《ぶれい》な調子で桧室が言う。

「垂水さんはお子さんの死を引きずっておられたと、私は感じていました」苛立たしそうな口調で文乃が返す。

「被告人からお子さんの写真や思い出の品などを見せられたことはありますか」文乃の様子など意に介さずに、桧室が質問を続ける。

「あります」

「それは写真でしょうか？」

「写真もいくつか見せていただいたことがありますが、他にも……」

「どのようなものですか？」

「音楽プレーヤーです。その中に亡くなった息子さんの肉声が残っているとおっしゃっていて、大切そうに透明な袋に入れたものを見せてもらったことがあります」

「被告人はどうしてあなたにそれを見せたのでしょう」

「わかりません。ただ、同じように子供を失った私に対して、自分がしていることを伝えたかったのかもしれません。その思い出の品を持っていると、どんなに辛くても生きなければならないという気持ちにさせられるとおっしゃっていたので……」

「その音楽プレーヤーの中に入っている被告人の息子さんの声を聞いたことはありますか？」

「ありません」

「どのような音声が保存されていたかはご存じですか？」

「弁護人のかたから聞きました。垂水さんの話によると、泣き叫ぶ複数の子供の声が保存されていたと……」

「それを聞かせられたとき、あなたはどう思いましたか」

「それを録音した人間に対する激しい怒りを覚えました。同時に、あのとき垂水さんがおっしゃっていた言葉の別の意味を知りました」

「別の意味というのは、どういうことでしょう」

「それを持っていると、どんなに辛くても生きなければならないという気にさせられる……その話を聞いたときに息子さんの思い出の品を持っていることで、挫けそうになる自分の気持ちを奮い立たせようという意味だと単純に思っていましたが、そうではなく……音楽プレーヤーに残っていた子供の泣き叫ぶ声……自分の子供がされたかもしれないことがどんなものであったのかを知るまでは生きなければならない、という意味だったんだと。どんなに辛くても……」

文乃の声が震えていき、最後には嗚咽に変わる。

証言台の前で涙を流す文乃を見つめながら何もできない自分に、歯がゆさを噛み締めた。

隣に座る涼香に視線を向けると、涼香も涙目で文乃のほうを見つめ、口もとを引き結んでいる。

自分と同じように子供を失った彼女に、衆人環視の場で辛い証言をさせ続けていることを憂えているのかもしれない。

視線を戻すと検察官の桧室が困惑した表情で証言台の文乃を見ている。

「質問を続けてもよろしいでしょうか？」

桧室の声を聞いて、「ごめんなさい」と文乃がハンカチを取り出して涙を拭い、顔を上げて正面を見据える。

「少し質問を変えさせていただきます。あなたは被告人と二年ほどの付き合いがあるということですが、その間に被告人からご主人の話などは聞いたことがありますか？」

「あります」文乃が即答する。

「被告人はご主人のことをどのように話していましたか」さらに桧室が訊く。

「地方新聞の記者をしておられることや、あと……以前は家族で買い物や外食などをしていたけど、息子さんが亡くなってからは一緒に過ごす時間が少なくなってしまったというようなお話をされていました。そういう関係になってしまったのは私のせいかもしれない……とも」

「その話を聞いたときに、あなたはどう思いましたか」

「垂水さんは息子さんを亡くしてからずっと自責の念に苦しめられているのだろうと」

「先ほど、被告人と最後に会ったのは二〇一八年の十月十二日とおっしゃっていましたが、そのときのことについてもう少しお話を聞かせてください。その日は被告人から息子さんの命日についての話はされましたか？」

桧室の口調から追及の姿勢を感じ取ったのか、文乃の表情がふたたび硬くなる。

「いえ……その日は命日の話も、響くんの名前も出ませんでした。ただひたすら私の話を聞いてくれて、一緒に泣いてくれました」

「被告人は翌日の十三日に被害者の加納さんと会う約束をしていました。被告人はその前日の夜にどうしてあなたに会いに行ったんでしょうか？」

「そのときはただ、私のことが気になって連絡してくださったんだとしか……」

「今振り返ってみて、何か思い当たる理由はありますか？」

「彼女の気持ちがわかるわけではないので、はっきりとは言えませんが……もしかしたら、私と話をすることで加納さんに会う勇気が持てると思ったのかもしれません」

「あなたに会うことで勇気が持てると被告人が考えるのはなぜでしょう？」

「それは……」文乃が言葉を詰まらせる。

「あなたと同じように、他者の手によって子供の命が奪われたかもしれないからですか？」

嫌な展開になってきたと察したのか、「わかりません」と文乃が強い口調で言った。続けて口を開く。

「垂水さんがどのようなお気持ちで私に会いに来てくださったのか、私にはわかりません」

「そうですか。それでは最後の質問になりますが……あなたの息子さんを誘拐して殺害した容疑で逮捕された男の量刑について、被告人とお話しになったことはありますか」

「量刑？」文乃が訊き返す。

「どのような罰を与えるべきか、ということです」

「それは……極刑以外には考えられないと……」

「被告人がそう言ったんですか？」

「ええ……」

「つまり死刑ということですね」

正面を向いたまま文乃は何も答えない。

「検察官からは以上です」

桧室が席に座り、裁判長が弁護人に意見を訊く。西がこちらに目配せして「ありません」と答えると、裁判長が裁判官や裁判員に質問はないかと訊く。まわりから質問はなく、「証人は退廷してください」と言った裁判長が正面の時計に目を向ける。

「それではここで休廷とします。再開は午後一時からこの法廷で行います」

裁判長の言葉に立ち上がったとき、何かを叩きつけるような大きな音がして凜子は傍聴席のほうを見た。

鋭い眼差しと目が合い、ぎょっとした。

真ん中の最後列にいた年配の女性だ。女性はじっとこちらを睨みつけているが、隣にいた背広姿の三十歳前後に思える男性に促されるようにして法廷を出ていく。

男性の姿に見覚えはないが、あの女性は第一回公判も第二回公判も傍聴席にいた。

加納の家族かもしれない。こちらに向けられた激しい憎悪の眼差しに、加納の母親ではないだろうかと思った。

傍聴席から視線を移すと、ふたりの刑務官がこちらに近づいてくる。

手錠と腰縄をして涼香を立ち上がらせる刑務官に、「少し垂水さんとお話ししたいんですが」と凜子は声をかけた。「どれぐらいの時間ですか」と刑務官のひとりに訊かれ、「十分ほどいただきたいです」と答える。

「それでは接見室のほうにいらっしゃってください」

刑務官に挟まれて歩いていく涼香の背中から、凜子は西に視線を向けた。バッグに資料を詰めて立ち上がった西に「どうしても垂水さんに訊いておきたいことがあるんです」と言った。

「俺もだ。たぶん同じことだろう」

おそらくそうだろう。

凜子は西に頷きかけ、手早く荷物をまとめて法廷を出た。西とともに接見室に向かう。

　接見室に入ると凜子はアクリル板に近づき、西と並んで座った。しばらくすると奥のドアが開いて涼香がひとりで入ってくる。戸惑ったような表情で涼香が向かいに座った。

「先ほど輝久さんがおっしゃっていたことは本当でしょうか。響くんの命日には必ずご夫婦でお墓参りをされるというのは」

「そうです」抑揚のない声で涼香が答えた。

「第一回公判で証言された吉岡さんの話はどうですか？　今年は命日に墓参りに行けないと思う、と言ったんですか？」

「言いました」

「何か理由があってそう言ったんですか？」

「何となくです……」涼香がこちらから視線をそらす。

　そんなはずはない。少なくとも法廷ではそんな言葉は通用しない。

「あなたにとって大切な響くんのことですよ。何となく、行けないと思う、ではないでしょう。何か理由があってそう言ったんですよね？　教えてください」

　凜子の訴えがまったく届かないというように、涼香は視線をそらしたままだ。

「垂水さん！」

アクリル板の前の台を叩いて凜子が叫ぶと、びくっとしたように涼香が視線を合わせた。

「まだ私たちに隠していることがあるんですか？　明日は被告人質問があるんですよ。検察は必ずその証言を追及して……」

「その頃には警察に勾留されているかもしれないと思ったからです」

涼香の言葉を聞いて、血の気が失せていく。

警察に勾留されているかもしれない――

どうしてそんなことを思ったのか。訊きたかったが、最悪な答えしか思い浮かばず、なかなか声を発せられない。

「加納さんに何か危害を加えてしまうかもしれないと考えていたんですか？」

凜子の代わりに西が訊くと、涼香が小さく首を横に振った。

「違うんですか？」

さらに西が訊くと、涼香が頷く。

「あの人……加納さんから真相を、どうして響が亡くなってしまったのかを聞き出せたら、旅先で輝久さんに真実をすべて話してからすぐに警察に出頭しようと思っていました」

凜子は思わず西を見た。西も呆気にとられたような表情をしている。

「そうすれば虚偽公文書作成の罪で私は逮捕されてしまうでしょう。しばらく警察に勾留されて、響の命日に墓参りには行けなくなります」

凜子は西から涼香に視線を戻して口を開いた。

「でも、そんなことをしたら俊太郎くんの誘拐事件の証拠の件が……」

「そうです。私が発見した証拠の信頼性が損なわれてしまったとしても、そうするべきではないかと……そのときは考えていました。加納さんと会う前日に葉山さんのお宅を訪ねたのは、すべてをお話ししようと……今までにあった出来事をすべてお話ししたうえで、私がすることを許してほしいとお願いするつもりだったんです。私のせいで俊太郎くんを殺した林哲成が無罪になってしまうかもしれないけど……」涼香が辛そうに顔を伏せて声を震わせながら言う。

「でも、できなかった？」

西の問いかけに、涼香がゆっくりと顔を上げて頷く。

「彼女から俊太郎くんの思い出を……犯人への憎しみの言葉を……彼女の無念な思いを聞いているうちに本当のことを言えなくなってしまいました。ただ、ごめんなさい……としか伝えられなかった」

ごめんなさい——

たしかに、ふたりで会っていたときに、その言葉を涼香が発していたと文乃は証言している。

身を震わせながら絞り出すように話す涼香の姿を見るかぎり、嘘をついているようには思えない。だが、その話が真実だとすると、大きな疑問が湧き上がってくる。

「どうして録音されていた音声を消去してしまったんですか？」

凜子が訊くと、涼香がこちらに顔を向けた。彼女の眼差しに緊張が走ったように思える。

「事件のあったとき、加納さんが部屋に隠していたという音楽プレーヤーです」

その音楽プレーヤーには、事件に至るまでの涼香と加納のやり取りが収められていたという。

「もともと警察に行ってすべてを話すつもりであったなら、消去する必要はありませんよね。いや、むしろ絶対に消してはいけない音声です。事件が公になった際に、垂水さんの正当性を証明できる大切な証拠なんですから」

「き……気が変わったんです……加納さんが亡くなってしまった後、いろいろと考えて、やはり俊太郎くんの事件の裁判に不利になるようなものは残しておくべきではないと……」

涼香を見つめながら、どうにも釈然としない思いを抱えている。

ノックの音が聞こえ、凜子は奥のドアに目を向けた。ドアが開いて刑務官が顔を出す。

「そろそろいいでしょうか」

その言葉を待っていたように、すぐに涼香が立ち上がった。こちらに一礼すると、そそくさとドアに向かっていく。

「本当に音声は残されていないんですか?」

ふいに西の声が聞こえ、涼香の肩が大きく震えた。ゆっくりとこちらを振り向き、こわばった表情で頷くとすぐに視線をそらしてドアから出ていく。

凜子は立ち上がり、西とともに接見室を出た。悶々としながら廊下を歩く。

「垂水さんの話、どう思いましたか?」

凜子が声をかけると、西がこちらに顔を向けて口もとを歪めた。

自分と同様に、納得できないと思っているのだろう。

「とりあえず一階のロビーに行ってみよう」

西に言われて、大切なことを思い出した。一時に証言する場を用意しているから、匠海と久美に裁判所に来てほしいと頼んでいた。

一階のロビーに着いたが、匠海と久美の姿はない。時計を見ると、十二時二十分を少し過ぎている。

「約束は一時だ。いや、そもそも約束はしてないか」西がそう言って苦笑し、ロビーにある自動販売機に向かう。

凜子がベンチに座って待っていると、戻ってきた西に缶コーヒーを差し出された。

「ありがとうございます」と受け取ると、西が隣に座って缶コーヒーを飲む。

「来てくれますかね」

凜子が言うと、こちらを見た西が「わからない」と首を振る。

「ただ……今日来てくれなかったとしても、俺はまた彼に会いに行く」

いつか匠海が自分の心に巣くう恐怖に打ち勝てるよう手助けするためだろう。

「ところで……垂水さんに最後にかけた言葉はどういう意味だったんですか？」

本当に音声は残されていないのかと訊いたが、西がどうしてそう思ったのかがよくわからない。

「ずっとモヤモヤしていた……」

「モヤモヤ？」西を見つめながら凜子は首をかしげた。

「加納さんに会う前に垂水さんはスーパーで缶ジュースを買っただろう。そのときレジの女性にどうしてあんなことを訊いたんだろうと……」

涼香はレジの女性の名前を呼び、さらに日付を確認し、時間を訊いた。

「だけど、さっきの垂水さんの話を聞いて、ある可能性を考えたんだ。垂水さん自身、ボイスレコーダーか何かでそれからの音声を録音していたんじゃないかと」

凜子は思わず手を口に当てた。

たしかに響の死の真相を加納から聞き出して警察に報せるつもりであったなら、その会話を録音しておこうと思うのが自然だ。

「後で捜査や裁判になったときに加工や編集をしたものではないと証明しようとして、録音ボタンを押してすぐに赤の他人である彼女にそんな会話をさせたんじゃないかと。さらにいざというときには、これから加納さんと会ってそれらの話をしたと裏付ける証人にしようとして」

西の話を聞きながら、その可能性が高いと感じた。

「もし、録音していたとして、それはどうしたんでしょうか？　加納さんが隠していた音楽プレーヤーと同様に消去……」

「それを知りたくてふいにあの話をしたんだ。垂水さんの反応を見ようと」

「それでどう思いましたか？」身を乗り出して凜子は訊いた。

「半々だと思った」

自分も同様の感想を抱いた。嘘をついているとも、ついていないとも。

だが、もし音声が残っているのであれば自分たち弁護人にその存在を明かすはずだろう。涼香がそれまでした供述が本当なのであれば。

「押収品の中に録音機器の類はありませんでした」

「もしあるとして、それを隠したいのであれば自宅には置いておかないだろう」

「じゃあ……」

「あるとしたら川口の実家だ」

事件が起きたすぐ後、涼香は晴恵に電話をかけて『今どこにいる？』と訊いている。そのとき晴恵は友人と池袋で買い物をしていた。

険しい眼差しをこちらに向けていた西がいきなり微笑んだ。初めて目にする西の晴れやかな顔に心を弾かれ、凜子は反対側に目を向けながら立ち上がった。

久美と匠海がこちらに近づいてくる。匠海はうつむいていて表情は窺えなかったが足取りはしっかりしていた。


裁判所の職員が廷内の柵の内側にいくつかのパーテーションを置いていく。未成年かつ性犯罪被害者である匠海を傍聴人の目にさらさないための遮蔽《しゃへい》措置だ。

パーテーションの設置が終わると、柵の内側にある弁護人席の横のドアが開き、久美に伴われた匠海が入ってくる。

「こちらに座ってください」凜子は自分たちの後ろの席に座るようふたりを促した。

続いて刑務官に連れられて涼香が法廷に入ってきた。匠海の姿が目に留まったのか一瞬はっとした顔をしてすぐにうつむき、そのまま凜子の隣の席に座る。手錠と腰縄を外される彼女の様子をしばらく見つめていたが、涼香はこちらに目を向けようとはしない。

「ご起立ください――」

裁判所事務官の声に、涼香の横顔に据えていた視線を正面に戻して立ち上がった。

裁判官と裁判員と補充裁判員が法廷に入ってくる。一礼して座った。

「それでは引き続き、弁護側の証人尋問を行います。証人は証言台の前に来てください」

裁判長の声に、凜子は振り返った。匠海に頷きかけると、蒼白な顔で彼が立ち上がり、おぼつかない足取りで証言台のほうに向かった。

人定質問が終わり、係員が匠海に宣誓書を渡す。

「宣誓書を読み上げてください」

裁判長に言われ、匠海が小刻みに震える手に持った紙に目を向ける。

裁判官や裁判員が心配そうに見守る中、「せ……宣誓……」と小さな声が聞こえた。

「良心に従って……真実を述べ、何事も隠さず……偽りを述べないことを……誓います……」

たどたどしい口調で何とか読み上げると、紙を返した係員に促されて、匠海が証言台の前に置かれた椅子に座る。

「尋問にあたっては、証人の名前を匿名化する決定をしておりますので、その点はご留意ください。では弁護人、質問をどうぞ」

裁判長の声に、凜子は西と顔を見合わせる。どちらが質問するかを決めていなかった。

匠海をこの場に導いたのは彼だという思いで、「どうぞ」と微笑むと、西が頷いて立ち上がった。

「弁護人の西からいくつか質問させてもらいます。その前に……今日は勇気を持ってここに来てくれてありがとう」

西の言葉を聞いて、匠海が小さく頷く。

「まず、最初の質問だけど……この事件の被害者の加納怜治さんという男性を、君は知っているかな？」

匠海がふたたび頷く。

「記録を取っているので、声に出して言ってくれるかな」

穏やかな口調で西が言うと、「知っています」と匠海が答えた。

「加納さんと君はどういう関係かな？」

匠海が口もとを歪めてうつむく。肩のあたりが小刻みに震えているのがここからでもわかる。

　頑張れ、という思いで見つめていると、「僕を……襲った人です」とかすれた声が聞こえた。

「襲ったというのはどういうことだろう。具体的に話してもらえるかな？」

「学校から家に帰っている途中、その男に公園のトイレに連れ込まれて……そこで酷いことをされました」

「それはいつの話だろう？」

「八年前……」匠海が答える。

「八年前ということは二〇一一年だね。日付は覚えているかな」

「……九月十五日。木曜日だった」

「君がいくつのとき？」

「七歳。小学校二年生……」

「加納さんに襲われたときのことをもう少し詳しく聞かせてもらえるかな。さっき、学校から家に帰っている途中に加納さんにトイレに連れ込まれたと言っていたけど、手をつかまれたり、身体を抱えられたりして、無理やり連れ込まれたということ？」

　そうではないと匠海が首を横に振った。すぐに先ほど西に言われたことを思い出したようで、「違います」と声に出す。

「ひとりで家に帰っているときに、向こうからやってきたその人にいきなり声をかけられたんだ」

「加納さんとは以前にも会ったことがあるの？」

「初めて会った……どこかですれ違ったりしたことはあったかもしれないけど」

「それで加納さんは何と言って君に声をかけたのかな」

「『君、何年生？』って訊かれた……『二年生』って答えたら、『モントレ好きかな？』って」

「モントレって何かな？　おじさん、よくわからなくて」匠海の緊張を解《ほぐ》そうというように西が頭をかきながら微笑む。

「モンスタートレーニングっていうカードゲームだよ」

「それはどういうゲームなんだい？」

「カードにひとつずつモンスターが描かれてるんだ。モンスターは全部で三百種類ぐらいいて、それぞれいろんな特徴があって、相手が持ってるモンスターと対戦するゲーム。今でも流行っているのかわからないけど、その頃は学校の同級生のほとんどがカードを集めてた」

「加納さんから『モントレ好きかな？』って訊かれて、君はどう答えたの？」

「もちろん好きだよって言った。そしたらその人がカードを一枚僕に見せてくれた。『竜王獣』っていう『モントレ』の中でもレアなカードで……『すごい、ほしいな』

って僕が言ったら、その人は『いいよ』って、他にもいろいろとレアなカードを持ってるから選ばせてあげるよって。だけど他の人に見られたらその人にもあげなくちゃならなくなっちゃうから、すぐそばにある公園のトイレで他のカードを見せてあげるって……」

「それで加納さんと一緒に公園にあるトイレに行ったんだね？」

「そう」

「君と一緒にトイレに入って、加納さんはカードを見せてくれたのかな？」

少しの間の後、「見せてくれなかった」と匠海が言った。

あらためてそのときの光景を思い出しているようで暗い表情だった。

「トイレに入ったらあの人に背中を押されてそのまま個室に連れて行かれた。ふたりで個室に入るとあの人がドアを閉めて鍵をかけたんだ。ちょっと怖くなって『やっぱり帰る』って言ったら、急に怖い顔になって……ポケットからカッターナイフを取り出して僕の目の前に向けた……」そこまで言って匠海が辛そうに顔を伏せた。

裁判官や裁判員たちも痛々しそうな眼差しで、証言台の前に座る匠海を見つめている。

「大丈夫かい？　まだ話せるかな？」

西が問いかけると、匠海が顔を上げた。何度か頷いて口を開く。

「『少しの間おとなしく俺の言う通りにしていれば痛い思いはしないし、モントレのカードを一枚やる』ってその人は言って、僕のズボンとパンツを脱がせた……それで……僕のあそこにカッターナイフを押しつけて、『これでおちんちんを切ったら痛いだろうな』とか『このまま切ってやろうかな』とか笑いながら言った。僕は怖くて……泣きそうになったけど……我慢した。でも、何とかして逃げ出さなきゃと思って、どうしたらいいかって考えてた……」

「君は逃げ出すことができたのかな？」

西が訊くと、「だめだった」と匠海が答えた。

「しばらくするとその人はあそこをよく見るためか、僕の前でしゃがみ込んだんだ。カッターナイフを持った手も床に置いていたのを見て、チャンスだと手を思いっきり踏みつけて、その人の後頭部のあたりを両手で叩いた。それで鍵を開けて外に逃げようと思ったけど、すぐに捕まった。『ふざけんじゃねえ！』ってその人はすごい声で怒鳴って、ナイフを目の前につきつけながら、もう片方の手で僕の首を絞めつけてきた……」

「どれぐらいの力で君の首を絞めつけてきたんだい？」

「すごい力だった。息が苦しくなって……助けてって叫ぼうとしたけど声にならなくて……手や足を必死に動かして壁やドアを蹴ったりした。だけど誰も助けに来てくれなくて……」

「君はそのとき自分はどうなると思っていた？」

「このまま殺されるって思った……手を踏みつけたり、頭を叩いたりしなければよかったって後悔した……その人の声を聞きながら、お母さんの顔が目の前に浮かんでた……」

「その人の声……というのは加納さんの声かな」

西が訊くと、「そうです」と匠海が答える。

「そのとき加納さんは君にどんなことを言っていたの？」

「わけのわからないことを言ってた……『あのときはよくも俺に酷いことをしてくれたな』って」

匠海を見つめながら、凜子は首をひねった。言葉の意味がまったくわからない。

「それに『おまえらのせいで俺は学校に行けなかったんだ』とか……『おまえらはひとりでは何もできないから、こうやってひとりずつぶっ殺してやる』とか……そういうことを言いながら僕の首を絞めつけてきたんだ」

「加納さんの言葉を聞いたとき、君はどう思った？」

「誰かと勘違いしてるって思った。僕はその人に何も悪いことはしてないのに、勘違いで殺されてしまうんだって」

「誰と勘違いされていると思ったかな」

「わからない……」匠海が首を横に振る。「わからないけど……学校に行けないっていうことは、その人の同級生か何かかなって……」

凜子ははっとなった。その事件を起こしていた頃の加納は学校で酷いいじめに遭っていたと、近所の商店のおばさんが言っていたのを思い出す。

加納は極度の興奮状態に陥《おちい》っていて、記憶が混濁していたのかもしれない。

「それからどうなったのかを話してくれるかい？」

西の声に我に返り、凜子は匠海に意識を集中させる。

「……ドンドンって大きな音が聞こえて、その人が僕の首から手を離した。ようやく息ができるようになって、僕はその場に倒れた。『何をしてるんだ』っていう男の人の声が聞こえて……その後、『待て。逃げるな』っていう声も聞こえた。すぐにおじさんが個室の中に入ってきて、僕に『大丈夫か？』って声をかけてきた」

「そのおじさんは誰か知ってる？」

「後でお母さんから聞いた。トイレの清掃をしている荒木さんっていう人で、その人がすぐに警察に通報してくれて、僕は保護された」

「君にそんなことをした加納さんが、その後どうなったかは知ってるかな？」

「二、三週間ぐらい経った頃に、お母さんからその人が警察に捕まったって聞かされた。『だからもう怖くないから。もう大丈夫だから』って……でも、それからもずっと怖かった。外に出たらまたあんなことをする人に出くわしてしまうんじゃないかって。それから八年間、僕は学校に行けず、家から一歩も外に出ることができないんだ。僕は弱い人間だから……」匠海がうなだれる。

「今日は外に出られたよね」

西の言葉に、匠海が顔を上げた。

「外の空気はどうだい？」

「わからない……でも、ひさしぶりに電車に乗ったのはちょっと楽しかった」匠海がはにかむように言う。

「そうか。ひとつだけわかっていることがあるよ。君は弱い人間なんかじゃない」

匠海を見つめながら西は言うと、裁判官に顔を向けて「弁護人からは以上です」と告げた。

「それでは検察官、反対尋問を」

裁判長が言うと、検察官席にいた桧室が立ち上がった。

「検察官の桧室からいくつか話を聞かせてもらいます。その前に、私も弁護人の最後の言葉に同感です。君は弱い人間じゃない」

桧室の言葉に、「ありがとうございます」と匠海が頭を下げた。

「それでは質問ですが……君が初めて弁護人の人たちと会ったのはいつですか」

「初めて会ったのは二ヵ月ぐらい前です」

「そのとき弁護人は君にどういうことを頼みましたか？」

「八年前に僕がされたことについて話してほしいと」

「それで先ほどまでしていた話を弁護人にしたんですか？」

「いえ……さっきした話をすべてしたわけじゃないです」

匠海の答えに、「どういうことですか？」と桧室が首をひねる。

「トイレに連れ込まれていたずらをされて、首を絞めつけられたというのは話したけど……あの人が言っていた言葉なんかを話すのは今日が初めてです」

「加納さんが言っていたという『あのときはよくも俺に酷いことをしてくれたな』とか『おまえらはひとりでは何もできないから、こうやってひとりずつぶっ殺してやる』などの言葉ですか？」

「そうです」匠海が頷く。

「どうして弁護人にそのことを話さなかったんですか？」

「よく覚えていなかったからです」

「よく覚えていなかった？」

「そのときのことを思い出したくないっていう気持ちが強くて……ずっと記憶に蓋を

してたんだと思います」

「だけどこの二ヵ月の間に思い出した？」

「急に思い出したわけじゃなくて、思い出そうと……そうしようとしては怖くなってやめて……だけどまた頑張って思い出そうとして、またやめて……それで少しずつ思い出していきました」

「八年近く覚えていなかったことをこの二ヵ月の間に思い出したということですね。その記憶は確かなものでしょうか？」

「今でははっきりそう言えます」匠海がしっかりした口調で言う。

「そうですか……検察官からは以上です」

桧室が席に座ると、「弁護人から何かありますか」と裁判長が訊いた。

「ありません」と西が答えると、裁判長が「私からひとつ質問させてください」と言って少し身を乗り出した。

「八年前に事件に遭ったとき、君は警察で事情を訊かれたと思うんですが、そのときのことについては覚えていますか？」裁判長が訊いた。

「僕ははっきりとは覚えていません。ただ、お母さんが覚えていました」

匠海の答えに「お母さんですか？」と裁判長が訊き返す。

「昨日の夜……裁判で証言しようと決心して、お母さんに自分が思い出したかぎりの事件に遭ったときの話をしたんです。さっき弁護人の人に話したことです。あの人が僕に言ったことなんかを……それを聞いたお母さんが、八年前に僕が警察で話したことと同じだと言っていました。だから自信を持って今日その話をしたんです」

「そうですか。私からの質問は以上ですが、他に質問のあるかたはいらっしゃいますか」

裁判長がまわりの裁判官や裁判員に訊ねるが特に意見はなく、「それでは証人は退廷してください」と匠海を促した。

こちらに戻ってくる匠海を凜子は見つめた。

わずか数十分ほどの間で、匠海の表情がずいぶんと大人っぽくなったように自分には思えた。

## 41

浦和駅のホームに立っていると蒲田《かまた》方面行きの電車到着のアナウンスが聞こえた。

「それでは私たちはこちらの電車なので」持月凜子は久美と匠海に微笑みかけた。

「あれ？　事務所は大宮なのでは？」

「これから行くところがありまして。あらためまして今日は本当にありがとうございました」

「こちらこそ、ありがとうございます。今日の経験は匠海にとってもとても大きなものになると思います。ねえ？」

同意を求めるように久美に言われ、匠海が少し恥ずかしそうにしながらも小さく頷いた。

「それにごちそうにまでなってしまって」

恐縮するように言った久美に「いえ」と凜子は手を振った。

公判が終わった後に四人で食事をした。何が食べたいかという西の問いかけにハンバーグがいいと匠海が言ったので、駅近くにあるレストランに入った。「お母さんが作ったハンバーグのほうがうまい」と言いながらも、八年ぶりの外食をそれなりに楽しんでいたように思う。

「西さん、約束守ってね」

匠海に言われ、西が手でオッケーマークを作る。食事のときに匠海がサッカーゲームをするのが好きだと言ったからか、今度Ｊリーグの試合に連れて行くと約束していた。

西とともに電車に乗ると、それまでの清々しい気持ちが急速に消え失せて重い溜め息が漏れた。

涼香が加納との会話を録音した機器がないか、これから晴恵の家を訪ねて訊くつもりだ。

「本当に訪ねるべきでしょうか？」

凜子が言うと、西がこちらに顔を向けて眉をひそめる。

「いまさら何言ってるんだ」

西の推測は当たっているかもしれない。だが、もし加納との会話が残されているのであれば、それを聞くことに深いためらいがある。

涼香にとって有利になるものであれば自分たちにその存在を隠すはずがない。実際にその音声が残されていて、自分たちに伝えないのであれば、涼香にとって都合の悪いことが記録されているにちがいないだろう。もし、今までの供述が覆されるような事実があったとしたら、自分はどうすればいいだろう。真実を追求する西は、たとえ被告人の不利になったとしても、それを公にしようとするのではないか。

川口駅に降り立ち、重い足取りでアパートに向かう。一〇三号室のベルを鳴らすと、ドアが開いて晴恵が顔を出した。

部屋に上がると、「どうぞお座りください」と晴恵が言って台所でお茶を淹れる準備をする。自分たちの前にお茶を出して晴恵が向かいに座りながら口を開く。

「先ほど輝久さんから連絡をもらいました。すごく緊張したけど、伝えることは伝えたと」

「そうですか……」

「今日は他の証人のかたのご報告のためにわざわざお越しくださったんですか？」

電話では今日家に伺いたいとしか伝えていない。

「涼香さんのお荷物などはこちらにはないんでしょうか」

ふいに西が言い、凜子は目を向けた。

「ほとんどありませんけど、高校の頃に使っていた物をまとめて箱に入れてますね。当時流行っていたアイドルとかキャラクターのグッズとかで、自宅に置いておくのは恥ずかしいけど、たまにそれを見て懐かしみたいから置いておいてくれって」

「それを見せていただけないでしょうか？」

西を見ながら晴恵が首をかしげる。

「別にかまわないですが……こちらです」少し戸惑うように言いながら晴恵が立ち上がり、隣の部屋に行く。

西に続いて隣の部屋に入ると、晴恵が押し入れを開けている。中から段ボール箱を取り出して畳の上に置く。

「失礼します」と西が言って段ボール箱の前で屈み込む。

ふたを開けて中に入っている物を確認している西を見ながら、録音機器がないことを心の片隅で願う。

キャラクターのイラストがあしらわれた小箱を開けた西の表情があきらかに変わった。中に入っていた物をつかむと西が立ち上がり、こちらに近づく。手のひらに載せた黒いボイスレコーダーと充電器を見て胸が詰まる。

「コンセントをお借りしてもいいでしょうか」

晴恵が頷くと、西がボイスレコーダーに充電器をつなぎ、コンセントに差し込む。しばらくしてからボイスレコーダーの電源を入れて操作する。ひとつ息を吐いて、ボイスレコーダーをこちらに向ける。

凜子は西の前に屈み込んだ。ボイスレコーダーのパネルを見て心臓が波打った。

２０１８・10・13　12：47――と表示されている。


アクリル板の前で待っていると、奥のドアが開いて涼香が入ってきた。今日の公判のときと同様に、こちらと視線を合わせないよう顔を伏せながら向かい合わせに座る。

昼間のやり取りに加えてこんな時間にいきなり接見を求められ、かなり警戒しているようだ。

「いよいよ明日は被告人質問になります」

凜子が声をかけると、顔を伏せたまま涼香が小さく頷く。

「その前に……これについて話をさせてください」

凜子はバッグから取り出したボイスレコーダーを突きつけるように、アクリル板に近づける。

顔を上げた涼香がボイスレコーダーを見て、愕然《がくぜん》としたように目を見開いた。

「川口のご実家にあったものです。無断で申し訳ありませんでしたが、保存されていた音声も聞かせてもらいました」

こちらを見つめながら涼香の身体が小刻みに震えている。

「裁判員裁判では、公判前整理手続で証拠調べ請求をしなかった証拠は原則出せないことになっていますが、やむを得ない事由《じゆう》がある場合には例外的に出せることになっています」涼香を見つめながら西がさらに言う。「明日の公判で、この音声データを証拠として請求しようと思います」

「やめてください」強い意志を感じさせる眼差しを西に向けて涼香が言う。

「どうして私たちにこの音声データの存在を隠していたのか……垂水さんの心情は私たちも理解しているつもりです。でも、弁護人としては……」

「絶対にそれを公にしないでください」凜子の言葉を遮るように涼香が叫んだ。

「この音声データが証拠として採用されれば、少なくとも殺人の容疑については無罪になる可能性が非常に高くなるでしょう。ただ、現状では有罪と無罪のどちらに転ぶかまったくわかりません。いや……昼間の接見で私たちに話したことを明日の被告人質問でされれば、かなり苦しい立場に立たされると思われます。垂水さんの味方である私たちが聞いても腑に落ちないことなんですから。依頼人の利益のために、この音声データを証拠として請求するべきです」凛子は食い下がった。

「依頼人の利益を考えるなら、私が望んだ通りにしてください。私は……たくさんの人を不幸にしました。私の浅はかな判断のせいで大切な響を死なせてしまい、やむを得なかったとはいえ加納さんを死なせてしまった。自分の子供を失ってしまった辛い思いは誰よりもよくわかっているつもりです。これ以上、誰かをさらに苦しめたくありません……それが私の切なる願いです」

「そのために、あなたが殺人の冤罪で刑務所に入ることになっても、ですか？」

凛子の言葉に、涼香が頷く。

「そうなったらそれはそれでしかたがないと思っています」

「真実を隠せば、その人の苦しみは癒えるんでしょうか？」

その声に、涼香が西に目を向ける。

「少なくとも……今よりは苦しまないで済むのではないでしょうか」西をまっすぐ見つめながら涼香が言う。

「そうでしょうか？　真実を知っても知らなくても、その人は苦しみ続けると、私は思います」

西を見つめる涼香の眼差しが尖る。

「以前も言いましたが……相手に非があったとしても加納さんは亡くなっています。加納さんはもうこの世で何も訴えることができない。あなたには真実を白日の下にさらす責務が……」

「加納さんだってそんなことはきっと望んでいません！」

涼香の叫びに気圧されて、凜子は思わず身を引いた。

「とにかくそれを裁判に出さないと約束してください。もしそれを破ったら、私はおふたりを一生恨みます。だから……お願いします……」

最後は弱々しい声音で言いながらこちらに頭を下げて、涼香が立ち上がった。

「垂水さん、ちょっと待ってください」

凜子の呼びかけに応えず、涼香が刑務官に合図をして奥のドアから出ていく。

ドアが閉じられると、凜子は西に目を向けた。軽く頭を振って西が椅子から立ち上がる。ドアに向かった西に続いて凜子も接見室を出た。

「どうすればいいんでしょうね……」廊下を進みながら凜子は問いかけた。

「決まってるだろ」

その声に、凜子は西の顔を見た。

「証拠として請求する」

「でも……垂水さんは認めていません」凜子は反論した。

「何を証拠調べ請求するかに関しては、被告人の同意を取らなくてはいけないと法律で規定されていないし、裁判の中で確認されることもない。こちらで書類を作成して、いきなり裁判で証拠調べ請求することは可能だ」

「そんなことをしたら垂水さんを裏切ることになります」

西の気持ちはわからないではないが、そうすることに深いためらいがある。

「例えばですけど……今回はあの音声データを出さないまま公判を進めて、こちらの訴えが認められなかったときに控訴審で出すというのはどうでしょう？　実際に殺人の罪で二十年近くの量刑が科されたら、垂水さんも考えをあらためてくれるかもしれません」

西が立ち止まって、こちらを見る。

「そんなことをしていったい何になる？」鋭い眼差しを据えて西が言う。

「何になるって……依頼人の要望をできるかぎり尊重したうえで……」

「おまえなら……いや、俺たちにはよくわかっているんじゃないのか。人を憎み続けるのがどんなに苦しいことか」

その言葉にはっとした。

「加納さんのご遺族は、真実を知るまで垂水さんを憎み続けることになる。苦しみ続けることになるんだ」

真実を知っても知らなくても、その人は苦しみ続ける――

先ほど涼香に向けて西が言いたかったことの意味を嚙み締める。

「そうですね……」西を見つめ返しながら、凜子は頷いた。

## 42

エレベーターを降りて四〇三号法廷に向かっていると、廊下にいた年配の女性と目が合った。被害者である加納怜治の母親だ。

日向清一郎が会釈をすると、事件後に被害者の親に話を聞いた自分のことを覚えていたようで、加納の母親が弱々しく頭を下げた。隣にいた若い男性も会釈を返す。おそらく加納の兄ではないかと思いながら、清一郎は裁判所の職員がいるほうに向かった。

第二回公判と第三回公判には来ることはできなかったが、今日の被告人質問はどうしても傍聴したいと上司の小出に頼んで仕事を抜けさせてもらった。今回も自分ではなく、同行させていた横川が傍聴券を引き当てた。

手荷物を職員に預け、金属探知機で身体検査を終えると傍聴人の列に並んだ。しばらくすると法廷のドアが開き、前の人に続いて中に入った。空いていた真ん中の最後列の端の席に座る。隣は先ほど自分に会釈を返した男性で、その隣に加納の母親が座っている。

ふたりの刑務官に挟まれるようにして垂水が法廷に入ると、まわりの空気が殺気立ったように感じた。隣を見ると、加納の母親が射抜くような鋭い眼差しを垂水に向けている。

「ご起立ください――」

その声に立ち上がると同時に、三人の裁判官と六人の裁判員と二人の補充裁判員が入ってくる。一礼して席に座った。

「それでは開廷します。今日は被告人質問でしたね」

裁判長が言いながら弁護人席のほうを見ると、大輔が手を挙げた。

「その前に、新たに発見された録音記録の証拠調べ請求を行いたいのですが」

大輔の言葉を聞いて裁判官や検察官が顔を見合わせながら首を傾げる中、垂水の姿が強く印象に残った。愕然とした表情で大輔を睨みつけている。

録音記録の証拠調べ請求とはいったいどういうことか。自分が知っているかぎり、そのような証拠はなかったはずだ。

「弁護人、どういうことでしょうか？」困惑したように裁判長が大輔に訊く。

「追加の証拠調べが原則として認められないのは理解しておりますが、あわせて提出させていただきました経緯報告書の通り、昨日、それまで我々が知らなかった音声データが発見されました。二〇一八年十月十三日、午後十二時四十七分からおよそ一時間近く、つまり加納さんと垂水さんが会ってから事件が発生した直後までのふたりのやり取りが記録されたものです。この公判において、真実発見のためには唯一無二、不可欠の証拠だと思いますが、昨日になってはじめてその存在があきらかになったので、やむを得ない事由にあたります」

大輔の言葉に驚きながら検察官席を見ると、桧室と須之内が険しい表情で目を見合わせている。

「検察官、いったん証拠を確認し、意見を。そのうえで採用の可否を決定します」

裁判長が言うと、「一時間近くの音声データとのことなので、別室で聞いてもいいでしょうか」と桧室が返した。

「そうですね。それではいったんここで休廷とします。再開は午前十一時三十分からこの法廷で行います。進行について協議しますので、弁護人、検察官はこのあと一度裁判官室まで来てください」

裁判官や検察官が退廷し、傍聴人たちが次々と法廷を出ていくが、清一郎はその場に腰を下ろしてしばらく垂水のことを見ていた。刑務官に手錠と腰縄をされる間もずっと、垂水は隣にいるふたりの弁護人を睨みつけている。

おそらく被告人の承諾を得ていない証拠なのだろう。

いったい垂水と加納のどんなやり取りが収められているのか。

四〇三号法廷のドアの前で待っていると、再開の五分前に桧室と須之内が現れた。ふたりともあきらかに表情をこわばらせている。

「どんな音声なんですか？」

法廷に入る直前に声をかけると、今までそこに清一郎がいたことにも気づかなかったようで、ふたりがびくっとして目を向けた。

「ああ、日向さん……こんなの認められませんよ。認められるわけがない」

自分に言い聞かせるように桧室が言って、須之内とともに法廷に入っていく。

清一郎も法廷に入ろうとしたが、近づいてくる足音に振り返った。

大輔と持月がこちらに向かってくる。大輔と目が合って胸がざわついた。

真実にたどり着いた――大輔の眼差しがそう告げている。

何も言葉を交わさないまま清一郎は法廷に入り、傍聴席に座った。法廷に検察官と

た。

「検察官、証拠に関して意見を」

裁判長の言葉に、桧室が立ち上がる。離れた席からも顔が上気しているのがわかった。

「音声を確認しましたが、録音された声と被告人や被害者の声との同一性が不明です。それに録音された情報がたしかであるという担保がまるでありません。よって、検察官としては到底証拠として認めることができません」

一気にまくし立てる桧室を見ながら、隣の須之内が同意するように何度も頷く。検察官と弁護人を交互に見やりながら裁判長は考え込んでいるようだ。やがて検察官のほうに視線を止め、口を開く。

「裁判所としては必要な証拠と判断し、また、やむを得ない事由も認められるので、証拠として採用し、取り調べることにします。証拠に関する評価や意見については、必要に応じて論告の中で主張するようにしてください。それでよろしいですね」

「ありがとうございます」と大輔と持月が言った隣で、垂水が表情を歪めてうなだれる。

「裁判所の判断にお任せします」桧室が苦々しそうに言って席に座った。

あっさりと桧室が引き下がったことを、意外に思った。おそらく、裁判官室で相当

弁護人と被告人が揃い、裁判官や裁判員が入廷して公判が再開した。

やり合った結果、採用は免れないと悟ったのだろう。

「少しよろしいでしょうか」と言って須之内が立ち上がった。そのまま柵を出てこちらのほうに向かってくる。加納の母親の背後に来ると、須之内が彼女に顔を近づけて囁きかけた。

「この音声には息子さんと思われるかたが亡くなるまでの様子が記録されています。ご遺族にとっては非常に刺激が強いと思いますので……聞きたくなければ出ていくこともできますが、どうしますか？」

「聞きます。もちろん聞きますとも」加納の母親が強い口調でそう言いながら、膝のあたりをぎゅっと握り締める。

「そうですか……」

加納の母親に憐憫《れんびん》のような眼差しを向けたまま須之内が呟き、検察官席に戻っていく。

「それでは再生してください」

裁判長が言った後、清一郎は意識を耳に集中させた。いきなり軽やかなメロディーが響いた。聞き覚えのあるメロディーだと思っていると、『スーパー』『ヨシモト』と明るい口調で連呼する女性の歌声でそれが何の曲かがわかった。自宅の近くにもあるスーパーヨシモトの店内ＢＧＭだ。

『――お会計は五百二十八円になります』

ふいに女性の声が聞こえた。

『並木《なみき》さん、ちょっとお訊きしていいでしょうか?』

違う女性の声が聞こえ、清一郎は垂水を見た。

『今日は二〇一八年の十月十三日ですよね?』

『そうですが……』

『今何時ですか?』

『十二時四十七分です』

『ありがとうございます』

何なんだ、この音声は。いずれにしても大輔が主張したように事件発生前の音声であるのは先ほどの会話から窺える。

スーパーヨシモトの店内BGMが消え、ガサッガサッ……という小さな物音しか聞こえなくなる。かなり長い時間、雑音だけが法廷内に響く。

『――加納さん、お待たせしました』とふたたび垂水の声が聞こえ、『……ちゃんと約束を守ってくれたんだね』と小さな男の声が応える。

自分は加納と会ったことがないので、この男の声が彼のものかどうかはわからない。

さりげなく隣のふたりの様子を窺う。

『気が利くねえ……ここから歩いて五分ほどだからそこで話そう』

鮮明に聞こえたその声に、隣のふたりが弾かれたように腰を浮かした。

## 43

加納の怒声と涼香の呻き声が法廷内に響く中、持月凜子は隣の様子を窺った。涼香が苦悶の表情でうつむいている。

ガツンと何かを叩きつける音とともに『痛てっ！』と男の声がした。直後にドスンという大きな物音が響く。

静寂。

『――加納さん……大丈夫ですか？　加納さん……』

涼香の呟き声が聞こえて、ふたたびあたりが静まり返る。

ふいに絶叫が響き渡り、凜子は驚いて傍聴席に目を向けた。

血相を変えた年配の女性が立ち上がって、「――嘘よ！　こんなの大嘘よ！」と大声で叫んでいる。

被害者である加納の母親と思われる女性だ。

「静粛にしてください」

裁判長の声が飛ぶが、女性の叫びはやまない。

「ありえない……こんなことありえない……あの女が怜治を殺したのよ！」女性がこちらに指をさしながら涙声で叫ぶ。

凛子は隣に座る涼香を見た。顔を伏せて、膝の上に置いた両手をぎゅっと握り締めている。肩が激しく震えていた。

「傍聴人は黙ってください」裁判長がさらに強い声で注意する。

隣に座った息子と思しき若い男性が戸惑った顔で、座るようにと服を引っ張っているが、その手を振り払って女性が指をさしたまま弁護人席のほうに向かってくる。

「私の大切な息子を……返してよ。私の息子を返してちょうだいよ！」

柵に近づいてくる女性を、後ろから駆けつけたふたりの職員が止めた。だが、女性は髪を振り乱しながら抵抗して、なおも柵の内側にいる涼香に向かってこようとする。

「離しなさいよ！　私はこの女に話があるのよ！」

隣に座っていた男性が駆けつけてきて、「母さん、行こう」と、ふたりの職員とともに女性を後方にあるドアに向かわせる。女性はわめき散らし、駄々をこねる子供のように手をばたつかせながら法廷を出ていく。

女性たちが出ていったドアにほとんどの人の視線が注がれ、傍聴席がざわついている。

「静粛に願います！」

裁判長の鋭い声が響き、ようやく法廷内が静まり返った。続いて、「それではこれから被告人質問を始めます。被告人は証言台の前へ」と裁判長が口を開く。

涼香は顔を伏せたまま動かないでいる。

「垂水さん、大丈夫ですか？　休廷を申し入れましょうか？」

強い口調で凜子が呼びかけると、顔を伏せたまま涼香が席を立ち、ゆっくりとした足取りで証言台に向かう。

「それでは弁護人、被告人質問を」

裁判長の言葉に、凜子は席を立った。証言台の前に座る涼香をじっと見つめる。

きちんとこちらの質問に答えてくれるだろうか。

「それでは弁護人から質問させてもらいます。垂水さん……あなたの今の辛いお気持ちは、私も充分に察しているつもりです。ただ、これからあなたがやらなければならないことは、この場で真実を話すことだと、私は強く思っています」

涼香が顔を上げて、こちらに視線を向ける。

「弁護人の私がこんなことを言ってはいけないのかもしれませんが、あなたは清廉潔白ではありません。あなたが犯したことによって、たくさんの人の人生を変えてしまったのは事実です。加納さんのご遺族や友人を苦しめ、また、あなたのご家族にも辛い思いをさせることになった。何事も隠さずにこの場で真実を話すことこそが、あなたがその人たちにしなければならない最初の償《つぐな》いではないかと、私は思います。その人たちをさらに不幸にしないために……」

こちらを見つめ返していた涼香の目から、涙がこぼれ落ちる。

「これから真実を話してもらえますか？」

凜子が訊くと、「はい……」と涼香が頷いて、スーツの袖口で涙を拭った。裁判官たちがいる正面に向き直る。

「それではまず、加納さんと初めて出会ったときのことについて訊かせてください。いつだったか覚えていらっしゃいますか？」凜子は問いかけた。

「……二〇一四年の十月二十六日です」

「どのようなきっかけで加納さんと知り合われたんですか」

「息子の響を預けるためにネットでベビーシッターを捜して、やってきたのが加納さんでした」

「どうして息子さんをベビーシッターに預けなければならなかったんですか」

「その日、私は仕事が休みで、響とふたり家で過ごしていました。午後二時頃にいつもお世話になっている知り合いから連絡があって……」

「具体的にそのかたのことをお話しいただけますか？」

「小川町にある蛍亭という居酒屋の女将さんで、久本さんとおっしゃいます。私は当時、小川町駅前にある交番に勤務していて、お昼ご飯をよくそこで食べていました。久本さんは私のことを可愛がってくださり、私も主人や響をお店に連れて行ったりして、家族ぐるみのお付き合いをしていました」

「その久本さんは、どのような用件で垂水さんに連絡されたんでしょう」

「久本さんのお孫さんの行方がわからないという連絡です。中学二年生の女の子でしたが……行方がわからないうえに、お母さんのもとに、生きているのが辛いというメールがあったということで、久本さんはひどく心配されていました」

「久本さんからその話を聞いたとき、垂水さんはどう思われましたか」

「とにかくお孫さんのことが心配でした。私もお孫さんのことをよく知っているので、生きているのが辛いというメッセージから、自殺を考えているんじゃないかと思って……彼女のお母さんが警察に相談してもそれほど熱心に取り合ってもらえなかったらしく、久本さんご夫婦はそのとき長崎に旅行中ですぐには戻ってこられないと……いったいどうすればいいだろうかと涙声で訴えられて、私も彼女のお母さんと一緒に捜すことにして久本さんからの電話を切りました」

「それでベビーシッターを捜すことにしたんですか？」

「そうです。三歳の響を連れて彼女を捜すのは難しいだろうと思いました。ただ、主人は仕事に出ていて、いつもお世話になっている保育園はお休みで、私の母は入院中だったので、どうすればいいだろうかと。友人の何人かに響を預かってもらえないか連絡してみましたが、だめでした。やはり一緒に捜すことはできないと思いかけたとき、ネットでベビーシッターを頼んだことがあるという友人の言葉を思い出して、調べることにしました」

「それで頼むことになったベビーシッターが加納さんだったんですか？」

「ええ。ただ、そのときネットに出ていた名前は加納怜治さんではなく、小川聖でした。すぐに来てもらえるという人がその人だけで、小手指駅の改札で待ち合わせをして、やってきた加納さんに響を預けました」

「そのときの加納さんにどのような印象を持ちましたか？」

凜子の質問に、唸りながら涼香が口を開く。

「悪い印象は抱きませんでした。少し風邪を引いているということでマスクをしていたので、響を預けることにためらいもありましたが、優しそうな雰囲気で、いまさら他の人を捜すこともできないという思いで……」そこまで話して涼香が口もとをぎゅっと引き結び、顔を伏せた。

そのとき加納に響を預けた後悔をふたたび噛み締めているのかもしれない。

「息子さんを預けてから、垂水さんはどうされたんですか？」

凜子の言葉に我に返ったように、涼香が顔を上げる。

「小川北警察署に行って久本さんのお孫さんの捜索をしてもらうよう同僚に掛け合ってから、お母さんと合流しました。ふたりで手分けして同級生を訪ね回りながら捜しました。川越のゲームセンターにいる彼女を私が見つけて、家に送り届けました」

「彼女はどうして『生きているのが辛い』というメールを母親に送ったんでしょう？」

「学校で酷いいじめに遭っているとのことでした。見つけたときも『生きていたってしょうがない』とか『早く楽になりたい』というような悲観的なことを口にしていました。私なりに励ましたんですが、家に着くまで彼女の口から前向きな言葉を聞くことはできませんでした……」

「彼女の様子を見ていて、垂水さんはどのように思われましたか」

「とりあえず彼女を見つけて家に送り届けることができましたが、不安な気持ちはなくなりませんでした。そのときの彼女の様子から、また家からいなくなってしまったり、最悪、自殺を考えたりするんじゃないかと思って……お母さんにも彼女が学校でいじめに遭っていることを話して、気をつけてくださいと助言しました」

「久本さんのお孫さんを自宅に送り届けてから、垂水さんはどうされたんですか」

「小手指に戻りながらベビーシッターに連絡しました。駅の改札で待ち合わせをして、やってきた加納さんから響を返してもらいました」

「それは何時頃ですか？」

「たしか……夜の八時を少し過ぎていたと思います」

「そのときの息子さんはどのような様子でしたか」

「加納さんに抱き抱えられたまま元気がないように感じました。加納さんの話によると、預けてから響はずっとはしゃぎ回っていたそうで、それで疲れたのだろうと……それに夜も遅かったので……そのときはそれぐらいにしか思っていませんでした」

「家に戻ってからはどうでしたか？」

「ぐったりした感じだったのでベッドに寝かしました。そのときも疲れているのだろうと思っていたのですが、しばらくしてから様子を見に行くと、響がベッドで嘔吐していて、呼びかけてもまったく反応しなくて……急いで救急車を呼びました。主人にも連絡して病院に来てもらい、それから集中治療室の近くのベンチで響が回復するのをふたりで必死に祈っていましたが……午後十一時四十八分に亡くなりました」最後のほうは涙声になっている。

「息子さんの死因を教えていただけますか」

凜子が訊いてからしばしの間の後、「急性硬膜下血腫です」と弱々しい声が聞こえた。

「頭部への外傷が原因で起こることが多いそうですね」

「ええ。私も担当してくださった先生からそのように聞きました」

「息子さんが頭部に外傷を負ったことに心当たりはありますか」

「いえ……」涼香が首を横に振る。「少なくとも家に戻ってからはずっとベッドで寝ていたので、どこかに頭を激しくぶつけるようなことはなかったと思います。それにその日は加納さんに預けるまで一緒にいましたが、響は泣き声を上げることもなかったですし、変わった様子もなくて、いたって元気そうでした。どこかに頭をぶつけたら泣くはずですし……」

「では……垂水さんはどうして息子さんが急性硬膜下血腫になってしまったと思っていらっしゃいますか？」

「それは……響を預けている間に、加納さんが何か乱暴なことをしたのではないかと……亡くなった直後は漠然とした思いでしたが……その後、確信に近い思いを抱くようになりました」

「警察に通報しようとは思わなかったんですか？」

「すごく……悩みました。その時点では、加納さんのせいで響が亡くなったという確固たる証拠がなかったですし、それに久本さんのお孫さんのことが脳裏をよぎってしまって……けっきょく警察に通報することができませんでした」

「久本さんのお孫さんのことが脳裏をよぎった、というのはどういうことでしょう？」

「彼女は自分のことをひどく悲観していたので、もし、自分を捜したことが原因で響が亡くなってしまったと知ったら、ショックを受けて何をしでかすかわからないと……」

「自殺してしまうかもしれないと？」

凜子の問いかけに、「そうです」と涼香が頷き、「でも……」と言って口を閉ざす。

「でも……何ですか？」凜子はさらに訊いた。

「……一番の理由は自分を守りたかったんだと思います。自分の心を……」

「どういうことでしょうか？」

「あのベビーシッター……いえ、加納さんに大切な息子を託したのは他でもない私です。自分の選択のせいで響が亡くなってしまったと、それが事実であると突きつけられたら、私の心はどうにも耐えられないと思ったんです。響を亡くして私は絶望していました。これからどんなことがあっても響が生き返ることはありません。頭の中でこれからどうすればいいのか整理がつかないまま、主人にこうなるまでの事情を訊かれて、思わずベビーシッターに響を預けたことを隠してしまいました。一度嘘をついてしまったら、本当のことを言う勇気が持てなくて、今まで……」

「先ほど、息子さんが亡くなった直後は、加納さんが何か乱暴なことをしたのではないかと漠然と思っていたけど、その後確信に近い思いを抱くようになったと話しておられましたね？」

「ええ……」涼香が頷く。

「どうして、加納さんが息子さんに乱暴なことをしたと、確信に近い思いを持たれたんですか」

「響のズボンのポケットに音楽プレーヤーが入っていたのに気づきました。私の物でも主人の物でもなく、ましてや響の物でもありません。私はあのときのベビーシッターの物であるにちがいないと思って、とっさに保存しなければならないと考えました」

「どうして保存しなければならないと？」

「そのときにはまだ警察の捜査に委ねることもわずかでしたが考えていたので……一応、念のために保存しておいたほうがいいだろうと、自分の指紋がつかないよう気をつけながらビニール袋に入れました。響の葬儀が終わった後、ビニール袋の上から音楽プレーヤーを再生してみました。聴いたことのない曲がいくつか入っていて、それとは別に複数の子供の泣き声がいくつかのファイルに収められていました。それを聞いて、私は響が加納さんに乱暴なことをされ、それが原因で亡くなってしまったのだと強く思いました」

「その中に息子さんの泣き声も入っていましたか？」

「泣き声だけなのではっきりとはわかりません……でも、入っていたのだろうと私は思っています。これらの泣き声はいったい何なのか、響とふたりでいる間にいったいどんなことがあったのか……事件として警察に訴えるかどうかはともかくとして、私はどうしても話を聞きたいと、ベビーシッターを頼んだときに使っていたメルアドに連絡しましたが、エラーメッセージが届いて送信できなくなっていました」

「警察が介入しないかぎり、加納さんの身元を知ることはできず、話を聞くこともできなくなってしまったんですね」

「ええ……」

「それでもやはり警察に報せようとは思わなかったんですか？」

「その決断が私にはできませんでした。自分の判断のせいで大切な響を亡くしてしまったことを受け止める勇気もなく、事実を知った主人から責められるのではないかという恐れもありました。もちろん久本さんのお孫さんのことも頭をよぎりましたが……今から思えば、あのとき警察に事情を話していればよかったと……そうしていれば響の死の真相がきちんと追及されて、その原因を作った加納さんには相応の罰が下されていたかもしれません。私は証拠を捏造するような行為を犯すことはなかったでしょうし、加納さんがこのような形で亡くなることもなかった。すべてはあのとき……自分の弱さのせいだと思っています」

「息子さんが亡くなってからのことをお聞かせください」

凜子が言うと、「どのようなことをお話しすればいいですか？」と涼香が訊いた。

「息子さんの死を乗り越えるために何をなさったか、など」

「響を亡くした悲しみと自責の念を少しでも紛らわせようと、仕事に打ち込みました。言葉では言い表すことのできない加納さんへの憎しみを、罪を犯す者たちをひとりでも多く捕まえることにすり替えたんです。ただ、どんなことをしても響の死を乗り越えることはできませんでしたけど。むしろ、響への思いが……あのときの後悔が、より強くなっていきました」

「そのように思ったのは、何かきっかけがあったんでしょうか」

「ええ……響が亡くなってから二年後に、私が働いていた小川北警察署管内で四歳の男の子の誘拐殺人事件が発生しました。私も捜査員のひとりとして事件の捜査に携わることになり、被害者の男の子のお母さんである葉山さんと頻繁《ひんぱん》に接するようになりました」

涼香の話を聞きながら、凜子はちらっと傍聴席を見た。真ん中の後方から二列目の席に座った文乃が、祈るような眼差しで証言台の前に座る涼香を見つめている。

凜子は傍聴席から証言台のほうに視線を戻して口を開いた。

「葉山さんは証人尋問で垂水さんへの感謝の思いを口にされていました。息子を亡くして悲嘆に暮れていた自分を、時に厳しい言葉で、時に優しい気遣いをもって、励ましてくれたと。その証言を聞いてどう思いましたか?」

「きっと葉山さんに話すと同時に、自分に対しても訴えていたんだと思います。私も葉山さんと同じように、子供が亡くなったのは自分のせいではないかと自責の念に苦しめられていて、死んでしまいたいと思っていましたから。彼女にかけてきた言葉は気遣いなどではなく、私自身が生きるために必要なものだったんです。もう一度響に会いたい。死んだら響に会えるだろうか。だけど、自ら死を選ぶようなことをしてはいけない……と。葉山さんに自殺なんか考えてはいけないと言いながら、それは自分に向けた言葉だったんです。どんなに苦しくて辛くても、まだ死んではいけないと」

最後の言葉が語気強く凜子の耳に響いた。

「まだ……というのは、どういうことでしょう?」

「葉山さんのお子さんの事件の被疑者は逮捕されました。いずれ全容が解明されて、法の裁きを受けるでしょう。でも、響を死に至らしめた人のことは何もわかりません。響を預けたときにいったいどんなことがあったのかもわからないままでした。それを知るまでは死ぬわけにはいかないと、自分自身に念じていました」

「どうやってそれを知ろうと考えたんですか？」

「手掛かりは響のズボンのポケットに入っていた音楽プレーヤーしかありません。その持ち主に前科や前歴がなければまったく意味のないことは承知していましたが、藁にも縋る思いで、窃盗事件の通報を受けたお宅に伺った際に、証拠品を発見したと偽って音楽プレーヤーを押収し、嘘の報告書を作成しました」

「いわば証拠の捏造ということになりますが、罪の意識は感じませんでしたか？」

「もちろん……まったくなかったといえば嘘になります。警察官としてあるまじき行為であると認識していましたので。ただ、他に方法はないと思いました。子供たちの泣き声を音楽プレーヤーから消去する前に、何度も何度も聞き返しました」

「どうして聞き返されたんですか？」

「響の写真はたくさんありますが、残念ながら動画は撮っていませんでした。もしかしたら響の唯一残された肉声かもしれないので……でも、その泣き声を聞いているうちに、やはり自分はこの持ち主に会わなければならないと覚悟を決めました」

「そして、逮捕されたのが加納怜治さんだった」

「そうです」

「逮捕された加納さんと顔を合わせることはありましたか」

「近くで顔を合わせることはありませんでしたが、調書を取るよう命じられたので取り調べのときは同じ部屋にいました。マスクをしていたこともあってか、私には気づいていないようでした」

「加納さんはその事件の裁判で、懲役二年執行猶予四年の刑を言い渡されましたが、それはご存じですか」

「ええ」

「その判決をどう思われましたか」

「特に……何も思いませんでした。私の目的は加納さんを刑務所に入れることではありませんでしたから」

「それでは、あなたの目的は何だったんですか」

「加納さんの身元を知ることです。逮捕されたことで加納さんが住んでいたマンションも、実家の住所もわかりました」

「それを知って、その後垂水さんはどうするつもりだったんですか」

涼香が考えるように顔を伏せる。しばらくして顔を上げ、口を開いた。

「正直なところ、その時点でこれからどうするかというのは明確には考えていませんでした。ただ、加納さんに近づこうと……そうすれば響の死の真相を聞き出すきっかけがあるのではないかと……その思いで、休みのときには所沢のマンションの近くで張り込みをして、加納さんの動向を調べました。しばらくして所沢のホストクラブで働いていることがわかり、駅前で加納さんがキャッチをしているときに、さりげなく私のほうから話しかけて客になりました」

「ホストクラブで会っているときの加納さんはどのような人物だと感じましたか」

「ずいぶんと子供っぽい人だと思いました。自分の興味がある音楽の話をしているときは機嫌がよくて饒舌ですが、それ以外の話題のときにはつまらなそうな態度をしていましたし……でも、加納さんに近づいてあのときの真相を聞き出すのが私の目的でしたから、とりあえず機嫌を損ねないように、やっているバンドの話を振ったりして応援しているそぶりをしていました」

「加納さんがやっているバンドの曲は聴いたことがありますか？」

「ええ……スタジオで録音したというＣＤを貸してもらって、一度だけ聴きました」

「どのような感想を抱きましたか」

凜子の質問に、涼香が表情を曇らせ、「吐き気がしました」と呟くように言う。

「吐き気ですか？　どうして？」

「響が持っていた音楽プレーヤー……子供たちの泣き声が収められていた音楽プレーヤーに入っていたのと同じ曲だったので。その曲を聴いた瞬間、子供たちの泣き声を思い出してしまい……それに歌詞の内容も、子供たちを虐待していることを連想させるように、私には感じられたので」

「歌詞を覚えてらっしゃいますか？　一部でもかまいませんので」

思い出そうというように、涼香が目を閉じた。目を閉じたまま顔をマイクに近づける。

「……このままじゃ窒息してしまう……死んでしまいそうだ……そんなときは君の姿を思い出す……君の叫びが、君の涙が、僕に力を与えてくれる……僕はそんなに弱くない……いや、強かったんだって気づかせてくれる……君の姿をもう一度見たくて、僕は今日もそのドアを開けて、外の世界に足を踏み出すんだ……」

涼香が目を開けて、「こんな内容の歌詞でした」とこちらに顔を向ける。

「その歌詞のどういうところが、子供たちの虐待を連想させたのですか？」

「特に……君の叫びが、君の涙が、僕に力を与えてくれる……という箇所です。加納さんが逮捕されたとき、未成年のときに小さな子供たちに対する傷害事件の前歴があるのを知りました。学校で酷いいじめに遭っていた憂さを晴らすのが事件を起こした理由だったということも。加納さんの心の中には鬱積した何かがあったのでしょう。ホストをしていたときにはどうかはわかりませんが、少なくともベビーシッターをしていたときには、そういう鬱積した感情のはけ口として子供たちを虐待していたんじやないかと……響はその犠牲者だったのだと、私は思いました」

「その歌詞の内容について、加納さんと話したことはありますか？」

「いえ」涼香が首を横に振る。「ただ……かつて自分が傷つけた子供たちにどのような思いを抱いているのかを知りたくて、加納さんに子供の話をしたことはありました」

「どのような話ですか？」

「私の子供は数年前に事故で亡くなり、その原因を作った人を今でも憎んでいると話しました。それに、たとえ亡くなっていなくても、子供に危害を加えるような人間は許せないし、そんな人間はいつか報いを受けるだろうとも言いました」

「その話をしたとき、加納さんはどのような反応をしていましたか？」

「まるで関心がないといった様子でした。加納さんの表情から、わずかであっても反省の気持ちが窺えたら、少しでも救われるのではないかと思っていましたが……」

「その話をされたのはルビーロードで、ですか？」

「ええ」

「いつだったか覚えていますか？」

「二〇一八年の十月二日です」

「バンドのメンバーだった大隅さんが、加納さんからホストクラブの客を尾行してほしいと頼まれた日と同じですね」

「尾行されていたことにはまったく気づきませんでした」

「それに気づいたのはいつですか？」

「次にホストクラブを訪ねた……十月九日です」

「加納さんから何か言われたんですか？」

「お店で接客しているときにはいつもと変わらない会話をしていましたが、店を出て、ビルの外まで見送りにきた加納さんに『垂水涼香さん。ふたりだけで大切な話がしたいから、今度の非番のときに部屋に来てよ』と言われました」

「それを聞いたとき、どう思いましたか」

「お店や加納さんに対して私は偽名を使っていたので、いきなり本名で呼ばれてぎょっとしました。それに『非番』という言葉と、薄笑いを浮かべた加納さんの表情から、私が警察官だというのが知られてしまったのではないかと思いました。同時に、私が窃盗事件の証拠を捏造したことにも気づいているのではないかと……」

「垂水さんは何と答えたんですか」

「少し悩んでから、次の休みである十月十三日の午後一時に所沢駅前の喫煙所で会う約束をしました」

「加納さんが語った『大切な話』というのは、どういうものだと思いましたか」

「私が窃盗事件の証拠を捏造したことを確かめて、何らかの要求をしてくるんだと感じました」

「何らかの要求とは、具体的にどのようなものを考えましたか」

「たとえば……それをネタにして、金銭を要求してくるとか」

「証拠を捏造したことが公にされたらどのような事態になりますか？」

「それは大変なことになるでしょう。世間からの警察への信頼は失墜しますし、私は証拠を捏造したことで逮捕されます。ただ、それ以上に私を悩ませたのは、証拠を捏造したことが公になることで、大切な人を苦しめることになるかもしれないことでした」

「大切な人とは、どなたですか？」

「誘拐殺人事件の被害男児のお母さんである葉山さんです」

その名前を聞いて、凜子はふたたび傍聴席に目を向けた。文乃が口もとを引き結んで、じっと涼香の背中を見つめている。

事件に至るまでの概要については文乃に話しているが、すべての真実を知っているわけではない。それを知ったとき、文乃はどのように思うだろうか。

「……誘拐殺人事件の重要参考人の家を捜索した際に、事件発生当時に男児が持っていたミニカーを私が発見したことによって逮捕に至りました。事件とその人物とを結びつける決定的な証拠です。ただ、私が証拠を捏造していたことが公になってしまったら、その証拠の信頼性も著しく損なわれてしまうかもしれません。そうなれば、せっかく捕まえた犯人を無罪にしてしまうことになるかもしれないでしょう」

「加納さんと約束をしてから実際に会うまでの四日間、どのようなことを考えていましたか？」

凜子の質問に続いて、マイク越しに涼香の溜め息が聞こえた。

「……ずっと悩んでいました。加納さんとふたりきりで対峙するのが怖かったです。証拠を捏造したことをネタに脅迫されたら、どうしたらいいだろうと。やはり会うのをやめたほうがいいのではないかという思いも湧き上がってきました。でも、真実を知りたい、響がどうしてあんなことになってしまったのかを知らなければならないという思いが勝りました。それに、たとえ約束を破って会わなかったとしても、加納さんは私の身元を知っているでしょうから、脅迫しようと思っているのであれば逃げられないと思いました」

「翌日の十月十日のことについて訊かせてください」

凜子が話題を変えると、涼香がこちらを向いて「はい」と頷いた。

「その日はどのような思いで過ごされましたか？」

「勤務がありましたのでいつものように署に出勤しました。ただ、前日に加納さんからそのようなことを言われて、一日中落ち着かない……不安な思いでいました」

「同僚のかたから垂水さんの様子について何か言われましたか？」

「ええ……退勤する際に、コンビを組んでいる吉岡さんから『何かあったんですか？』と心配そうに訊ねられました。まさか前日の話をするわけにはいかないので、毎年この時期になると気持ちがふさぎ込んでしまうのと返して、息子の響が四年前のこの時期に亡くなったことを話しました」

「吉岡さんの証言によると、翌々週の息子さんの命日に墓参りをされるんですかと垂水さんに訊いたとのことですが、実際はどうだったんでしょう」

「そのようなことを訊かれたのを覚えています」

「垂水さんは何と答えましたか？」

「今年は行けないと思う、と話したと記憶しています」

「ご主人の証言によると、毎年欠かさず命日にはおふたりで息子さんの墓参りをされているとのことでしたが」

「ええ……ただ……そのときにはある考えが頭を占めていたので」

「どのような考えですか？」

「加納さんから真相を、どうして響が亡くなってしまったのかを聞き出せたら、主人にそれまでのことを正直に伝えてから警察に行ってすべてを話そうと考えていました」

涼香が告げると、検察官席に座る彩が隣にいる桧室に耳打ちをしたのが視界の隅に映った。

反対質問ではこの件について追及しようとしていたと思えるので、涼香の予想外の返答に動揺しているのかもしれない。

「しかし、そんなことをすれば誘拐殺人事件の証拠の信頼性が損なわれてしまうかもしれないですよね。それに垂水さんも逮捕されてしまうことになります」

「ええ。葉山さんには大変申し訳ないですし……それに主人を失望させてしまうことになるでしょうけど……そのときにはそうするべきではないかと思っていました。実際、その日の帰りに川越にある電器店に立ち寄って、ボイスレコーダーを購入しました」

「何という電器店ですか？」

「ケーオンデンキ川越店です。家に戻ると、すでに主人が帰宅していて、顔を合わせたときにどうしようもない感情が胸に押し寄せてきました……」

次の質問をしようとしたときに、涼香が「ちょっとごめんなさい……」と顔を伏せながら言って、取り出したハンカチで目もとを拭う。

涼香がハンカチを目もとから離してこちらに頷きかけてきたので、「それは、どういった感情ですか？」と凜子は訊いた。

「ただただ……主人に対してごめんなさい、という感情です。今までのことも、これからしようとすることも……その日、主人は珍しく私が好きなケーキを買ってきてくれていました。おそらく毎年響の命日が近づくと私が落ち込んでいるので、気を遣ってくれたのでしょう。そんな主人の優しさに触れて、自分は本当に話せるのだろうかと不安になってきました。自分の判断のせいで大切な響を死なせてしまったことや、その事実を今まで主人に隠し続けてきたことや、さらに警察官としてあるまじき罪を犯してしまったことを……」

「加納さんから真相を聞き出して、警察に報せることを迷われたんですか？」

「そうですね。主人は当時新聞記者をしていました。会社の人たちはもちろん、他社の記者の中には主人の妻が警察官であるのを知っている人たちもいたでしょう。垂水というのは珍しい苗字ですから、私が逮捕されれば主人にも多大な迷惑をかけることになります。ただ、それでも加納さんから響の死の真相を聞き出して、警察に報せなければならないとそのときは思っていました」

「十月十三日……加納さんと会った後に、ご主人にお話しされるつもりだったんですか？」

凜子が問いかけると、「自信がありませんでした」と涼香が曖昧に首を振る。

「それで旅行を計画しました。変わった環境にいれば話せるのではないかと考えて。それにその話をすれば主人との関係もきっとそこで終わってしまうでしょう。最後に主人が行きたがっていた北海道のニセコに一緒に行ってみたいと。主人に予定を訊くと、翌週の土日の十月二十日と二十一日にお互いが休みだったので、その日に予約を入れようと思いました。旅先で主人に今まであった出来事を正直に話してから、警察に出頭しようという思いで……」

「加納さんに会う前に、他に考えたことや、されたことなどはありますか？」

「十月十二日の夜に葉山さんに連絡して、お宅に伺いました」

「加納さんと会った日の前日ですね？」

涼香が「ええ」と頷く。

「どうして葉山さんに会おうと思われたんですか？」

「ひとつは、葉山さんに会えば勇気をもらえるような気がしたからです」

「勇気、ですか？」

「そうです。その時点でも私は加納さんと会うことをためらっていました。いや、ためらいというよりも恐怖と言ったほうがいいでしょうか。同じように子供を亡くした葉山さんにお会いすれば、その恐怖に打ち勝てるのではないかと、どうしても真実を知らなければならないと自分を鼓舞《こぶ》してくれるのではないかと……そう思いました。

もうひとつは、葉山さんに謝るためです。今までにあった出来事をすべてお話ししたうえで、私が証拠を捏造したことも含めて、それらのことを警察に報せるのを許してほしいと」

「葉山さんにお話しできたんですか？」

「いえ、できませんでした」涼香が首を横に振る。

「どうしてですか？」

「葉山さんから息子さんの思い出話や、犯人への憎しみの言葉などを聞いているうちに、話し出せなくなってしまいました。ただ、ごめんなさいとしか伝えられませんでした。そして……翌日を迎えました」

最後は呟くように言って、涼香が目を閉じた。

「十月十三日のことについてお聞かせください」

凛子が言うと、涼香がこちらに顔を向けて頷いた。すぐに正面に視線を戻して口を開く。

「……主人を送り出してからずっと落ち着かない思いでいましたが、十時半頃になって、ようやく出かける準備をしなければならないと考えて服を着替えました」

「どんな服装だったか覚えていますか？」

「白いブラウスに花柄をあしらった黒いスカートとグレーのフーデッドコートでし

た」

「どうしてその服にしたのか理由はありますか」

凜子が訊くと、涼香が少し寂し気な表情になった。

「息子の響と出かけるときに好んで着ていた服だったので。それに響の妊娠を知ったときに着ていたのも同じで……その日は朝から緊張していて……いえ、緊張というかどうしようもなく怖くて……その格好をしていたら響が守ってくれそうな気がして、それに着替えました」

「何か持って出かけましたか？」

「ハンドバッグを持っていました」

「中に入っていた物を教えてください」

「お財布とスマホと、ハンカチやティッシュ……それと三日前に買ったボイスレコーダーです」

「家を出たのは何時頃ですか？」

「出た時間は覚えていませんが、小手指駅前にある銀行のＡＴＭでお金を引き出したのが午前十一時三十五分なので、家を出たのはその十分ほど前だと思います。そこで二十万円を下ろして電車で所沢に向かいました」

「所沢に着いたのは何時頃でしょう」

「午前十一時四十五分頃だったと思います」

「加納さんとの約束までかなり時間がありますね」

「ええ。主人とのニセコ旅行の予約を入れるつもりで、所沢駅の近くにある大日本旅行社に行きました。受付票を取って待合スペースでしばらく待っていましたが、あまりの緊張感や恐怖感からか吐き気がしてきて店を出ることにしました」

「その後どうされたんですか？」

「近くにあるヨシモトという大型スーパーに行って、地下のトイレにしばらくこもっていました。約束の時間が近づいてきて、必死に気持ちを奮い立たせながらトイレから出たときにあることに思い至ってそのまま食料品売り場を巡りました」

「あることとは何でしょう？」

「それから加納さんとする会話をボイスレコーダーで録音するつもりでいましたが、警察にこのことを報せるときに加工や編集をしていると思われないようにしなければならないと。私は確かにこの日のこの時間帯にそこにいて、それから所沢にある加納さんの部屋に行って話をしたという訴えに信憑性を持たせるために、ボイスレコーダーの録音ボタンを押した後にレジの女性の名前を呼んでそのときの日付を言って、彼女に時間を言ってもらいました」

「食料品売り場で何を買われましたか？」

「缶ジュースを四本買ったと弁護人のかたから聞きました」

「聞きました、とはどういう意味ですか？」

「正直言って何を買ったのかは覚えていませんでした。缶であれば何でもよかったので、手に取ったのがたまたまジュースだったというだけで……」

「どうして缶を？」

「いざというときの護身用です。いくら武道の心得があるといっても何があるかわかりませんので。もし加納さんに襲われるようなことがあったら、缶を入れた袋を振り回そうと……スーパーを出て待ち合わせ場所である喫煙所に行くとすでに加納さんが待っていました」

「そこで加納さんとどのようなやり取りがあったんですか？」

「先ほど証拠として再生された音声にあったやり取りです」

「垂水さんの口からお話しいただけますか？」

「まず加納さんは『ちゃんと約束を守ってくれたんだね』と笑いかけてきました。私が持っていたスーパーの袋に目を留めて『気が利くねえ』と言いながら有無を言わさずにそれを奪い、『ここから歩いて五分ほどだからそこで話そう』と歩き出しました。もしかしたら私が考えていることを見透かして、先に武器になりそうなものを奪ったのかもしれません。私はふたりきりになるのをちょっとためらってしまい、『どこかのお店でもいいですよ』と言いました。『別にこっちは近くのマックとかでもいいけど、あんたからすればマズいんじゃない？』という加納さんの言葉で、私が窃盗事件の証拠を捏造したのに気づいていると確信して……たしかに人前でできる話ではない、彼の部屋に行くしかないと思い直しました。それから加納さんに続いて五分ほど歩いたところにある五階建てのマンションの三階の部屋に行き、先に入った加納さんに促されて、私も緊張しながら部屋に入りました」

「入室してから、どんな会話が始まりましたか？」

「洋室に入ると、加納さんが『座ったら？』と声をかけてきましたが、私は立ったまま彼と向き合うことにしました」

「どうしてですか？」

「座ってしまったら思うように動けなくなってしまうと思って」

「なるほど、わかりました。では会話の続きを教えてください」

「『大切な話って何？』と私が訊いた瞬間、『そんなことわかってんだろ！』と加納さんの態度が豹変しました。そして窃盗事件の証拠を捏造したのは私だろうと問い詰めました。私は素直にそのことを認めて、響を預けたベビーシッターの身元が知りたかったからそうしたことと、加納さんに預けた後に響が亡くなったことを彼に話しました。さらに音楽プレーヤーの中に複数の子供の泣き声が録音されていたことについて触れながら、あの日響に何をしたのかを追及しました」

「加納さんは何と？」

「響に暴力を振るったのは認めましたが、開き直っていました。『自分は子供の頃から同級生たちにもっと酷いことをされてきた。あんな程度で死んでしまうんだったら、もともとひ弱な子供だったってことだ』と言われて、私は加納さんを激しくなじりました。すると加納さんがいきなり上着のポケットからナイフを取り出しました。そしてナイフをちらつかせながら、証拠を捏造されたせいでバンドのデビューが白紙になったと私を責め、いずれそれをネタにして金を搾り取るけど、その前に自分に謝れと要求してきました。私が拒絶すると、加納さんはこちらに近づいてきて、ナイフを突きつけてきました」

「具体的にいうとナイフは身体のどこに向けて、どの程度の距離で突きつけられたのでしょうか」

「先端を私の顔に向ける形で、ほんの数センチほどの距離でした」

「そのような行動を受けて、垂水さんはどうしましたか」

「このまま刺されるかもしれないと恐怖を感じ、私はとっさにナイフを避けようとして、バランスを崩して後ろにあったベッドに転倒してしまいました。すぐに加納さんが伸し掛かってきて、ナイフを顔に突きつけたまま、反対の左手で首を絞めつけてきました」

「武道の心得があっても、加納さんを払いのけることはできなかったんですか？」

凜子が訊くと、「ええ」と涼香が頷いた。

「自分が想像していた以上に加納さんの力は強かったです。それに目の前にナイフを突きつけられている恐怖で、金縛りにあったように身体が動きませんでした。加納さんはすごい力で私の首を絞めつけながら、ひたすら自分に対して謝れと言ってきました。ただ、そのときの私としては謝るどころか、苦しくてまともに声を発せられないような状態でした」

「このままでは自分はどうなってしまうと思いましたか？」

凜子が訊いてしばらくの間があった後、「殺されてしまうと思いました」と涼香が答えた。

「実際に、『死ね……おまえなんか死んでしまえ』という加納さんの声が聞こえてきましたし、それに……途中から意味のわからない言葉を口走っていましたから……完全に理性を失っていると思いました」

「加納さんが口走ったという意味のわからない言葉というのをお話しください」

凜子の言葉を聞いて涼香が顔を伏せた。

法廷にいる全員がすでに音声データで聞いているが、あらためて自分が口にすることに深いためらいがあるようだ。

「お願いします……」

さらに促すと、深い溜め息を漏らして涼香が口を開く。

「あ……兄貴ばっかり可愛がりやがって……クソッ……クソッ……俺がこんなふうになってしまったのはすべておまえのせいだ……」

そこまで言って涼香が苦しそうにうなだれた。

「それだけですか？」

凜子の問いかけに、弱々しく涼香が首を振る。

「続きをお願いします」

証言台のほうを見つめながら凜子が言うと、涼香がゆっくりと顔を上げてマイクに口を近づける。

「……どうして俺なんか産んだんだよ……俺なんか……俺のことをさんざん苦しめやがって……死ね……おまえなんか死んでしまえ……と」絞り出すように言うと生気が尽きたように涼香が肩を落とした。

「それは垂水さんに向けた言葉だったんですか？」

「いえ」

「では、誰に向けた言葉だと？」

「……加納さんの母親に向けた言葉だと感じました」

「加納さんはあなたを自分の母親だと思い込み、殺すつもりで、あなたの首を絞めつけていたと？」

「途中からは……そう思いました。錯乱しているんだと」

「それで垂水さんはどうされたんですか」

「このままでは殺されてしまうと……何とか逃げられる術はないかと、首を絞めつけられながら視線を巡らせました。ベッドの横のローテーブルに酒瓶が置いてあるのが目に留まって、とっさにそれをつかんで無我夢中で加納さんに対して振り降ろしました。するとガツンという鈍い音とともに、『痛てっ！』という声が聞こえて、私の上に伸し掛かっていた加納さんが後ろ向きに床に落ちました」

「酒瓶は加納さんの頭に当たったのですが、頭を狙ったんですか？」

「いえ……結果として頭に当たりましたが、どこかを冷静に狙うような余裕はまったくありませんでした。自分の首を絞めつけていた手がようやく解けて、とりあえず呼吸をしてから、ベッドから起き上がって加納さんに向き合いました。加納さんの手からナイフを奪い取ったんですが、ぴくりとも動かない様子を見て心配になって、『加納さん、大丈夫ですか？』と声をかけました」

「その後、加納さんの反応はありましたか？」

涼香が首を横に振りながら「ありませんでした」と答える。

「呼吸をしてなくて……頭の中が真っ白になって、しばらく何も考えられませんでした」

「どれぐらいの力で酒瓶を叩きつけたんですか?」

凜子の質問に、涼香が曖昧に首を横に振る。

「無我夢中だったので、どれぐらいの力かと言われてもわかりません。ただ、手加減はしませんでした」

「手加減する余裕はなかったんですか?」

「はい。とにかく必死でしたし、手加減すると逆にこちらが殺されてしまうような状況だと……しばらくして我に返ってから……これからどうするべきかと悩みました。本来であれば警察に通報するべきでしょうが、そうするのをためらいました」

「どうしてですか?」

「ボイスレコーダーに録音していたそれまでのやり取りを聞けば、私が故意に加納さんを死なせたのではないとわかってもらえるのではないかと思いましたが……この音声を公にすることはできないと」涼香がそこで言葉を切った。

凜子は質問を急がず、涼香のほうから話しだすのをじっと待った。

やがて「加納さんは亡くなってしまった……」と涼香の口から呟きが漏れた。

「……私も大切な子供を失った母親です。だから子供を亡くした加納さんのお母さんの悲痛な思いは想像できます。さらに、息子が亡くなる前に自分を殺そうと錯乱していたなどと知ったら、どのような苦しみに苛まれるだろうかと考えました……同時に葉山さんのことも頭をかすめました。私は人を死なせてしまった。殺すつもりはなかったけど、人ひとりの命を奪ったのは紛れもない事実です。私がしたことで加納さんは亡くなり、そのご家族は不幸になる。これ以上、私がすることで不幸になる人を作ってはいけない……と」

「これ以上とは、どなたを指しているんですか」

「葉山さんです。ボイスレコーダーの音声を公にすれば、私が窃盗事件の証拠を捏造したこともわかります。そうなれば、葉山さんのお子さんの誘拐殺人事件の裁判にも悪い影響が出るでしょう。私は証拠を捏造したことと、加納さんが最後に口走ったお母さんへの言葉を隠しながら、なおかつ自分が殺人犯として裁かれないようにするにはどうすればいいだろうかと考えました。それで……加納さんに部屋に誘われて、性的暴行を受けそうになって抵抗した、という筋書きを考えて、そういう状況に見えるように細工をしました」

「具体的にはどのようなことを？」

「ベッドを乱して、ブラウスのボタンを二つか三つ外し、ナイフとバッグを持って部屋を出ました。ただ、廊下を少し歩いたとき、先ほど加納さんが言っていた言葉を思い出して部屋に戻ることにしました。私から金を搾り取るつもりであれば、自分と同じように証拠になるよう会話を録音していたのではないかと思って」

「実際はどうだったんですか？」

「部屋に戻って調べると、ベッドの隙間に音楽プレーヤーがあって、録音中と表示されていました。私は指紋がつかないようハンカチを添えながら停止ボタンを押すと、録音されていた音声を消去しました。音楽プレーヤーを元にあった場所に戻して、ふたたび部屋を出ました。そして途中にあったコンビニのごみ箱に加納さんが持っていたナイフを捨てて、所沢駅に向かいました」

「どうしてコンビニのごみ箱にナイフを捨てたんですか？　垂水さんの姿が防犯カメラに写される可能性を考えなかったんですか」

「防犯カメラに写ることが目的でそこにナイフを捨てました。捨てる際にガラス越しに店内を見て、防犯カメラの位置も確認して」

「どういうことでしょう？」

「ブラウスのボタンを外して襲われそうになったのを装いましたが、部屋を出てからそこまでに誰も私に気を留めていなかったようなので。映像としてそのときの自分の姿を残しておいたほうがいいだろうと」

「垂水さんが用意したボイスレコーダーはどうされたんですか」

「これも音声を消去して捨てるべきだと思ったんですが……ただ、その時点では絶対に公にするつもりはなかったとはいえ……自分の無罪を証明する唯一のものだと考えると……」

「捨てることができなかった？」

「判断に迷いました……近いうちに自宅は捜索されるでしょうから、そばに置いておくわけにはいきません。その後すぐに母に連絡して今日の予定を聞き出そうとしたら、友人と池袋で買い物をしているところだと言うので、そのまま川口の実家に行ってボイスレコーダーを隠しました」

凜子は証言台から隣の西に視線を移した。事件についての質問はこれで大丈夫だと西が頷きかけてきたのを見て、涼香のほうに視線を戻して口を開く。

「事件についてお訊きしたいのは以上ですが、最後に、今この場にいらしてご自身で何か思われることなどはありますか」

「そうですね……すべては自分が蒔いてしまった種だと思います。加納さんに響を預けてしまった選択も、響が亡くなった後に警察の捜査に委ねなかったことも、証拠を捏造したことも……自分のせいでたくさんの人を不幸にしてしまったと申し訳なく思っています。ただひとつだけ……私は殺意を持って加納さんを殺していません。これだけは信じていただきたいです」

「わかりました。弁護人からは以上です」凜子は裁判長のほうに顔を向けて言った。

「それでは検察官、反対質問を」

凜子が席に着くのと同時に裁判長の声が聞こえ、検察官席にいる彩が立ち上がった。

被告人質問の直前になって事件当時の音声という決定的な証拠が出てきたことで、検察はどのような追及をするのだろうかと、強い興味で彩を見つめる。

「検察官の須之内からいくつか質問させていただきます。まず、先ほどお話ししていた蛍亭には家出したお孫さんを保護してからも、被告人は行っていたんですか？」

意外な質問だった。

「ええ……」涼香が頷く。

「どれぐらいの時期までお店に通っていましたか？」

「毛呂警察署に異動になるまでは頻繁に通っていました。異動になってからは事件の二日前に一回行ったぐらいです」

「事件の二日前に蛍亭に行ったんですか？　どうして？」

彩の質問に、「何となくです……」と歯切れの悪い口調で涼香が答える。

「何となくというのは？」

「事件の前日に葉山さんのお宅に伺ったときとは少し意味合いが違うかもしれませんが、やはり勇気をもらいたかったのかもしれません。そのお店にはいろいろな思い出がありましたから。特に誘拐事件の捜査のときには、食事をしに集まった捜査員同士で、意見を交わし合ったりもしましたし」

「なるほど。そのときに感じていた犯罪者に対する怒りや憎しみを思い出して、それを勇気に変えようとした？」

「否定はしません」

この言葉を引き出したくて、彩は蛍亭の話を持ち出したのか。

「毛呂警察署に異動になるまで頻繁に通っていたということですが、久本さんのお孫さんとも会ったりしていましたか？」

「はい。度々、お店で働いているお母さんを訪ねてきていましたから」

「その後、お孫さんの様子はどうだったんですか？」

「様子、ですか？」

「そう。先ほど学校で酷いいじめにあっていたと話していましたから」

「ああ……それから半年ぐらいして解決したみたいでした。クラス替えを機に自分をいじめていた同級生とも離れられたみたいで」

「よかった。被告人の話を聞いていて、そのお孫さんがどうなったのかが気になっていたから。被告人は先ほど、息子さんの死の真相が知りたくてベビーシッターの身元を調べるために証拠を捏造したと話していましたね？」

「ええ……」

「それを知るまでは自分は死ぬわけにはいかないと、念じていたと」

「そうです……」

「それならば、どうして警察に報せなかったんですか？」

鋭い眼差しで彩に見つめられ、涼香が口ごもる。

「傷害の時効は十年で、傷害致死の時効は二十年です。警察官なら当然ご存じでしょう」

彩に見つめられたまま、涼香は言葉を返せない。

「あなたの息子さんの死の真相が預けたベビーシッターのせいだったとして、被告人が危惧していたように、当時の久本さんのお孫さんの状態で自殺を考える具体的な根拠があったんですか」

「それは……」

「けっきょくは単なるあなたの漠然とした不安でしかなかったわけですよね。警察に報せようとしなかった理由は本当にそれだけですか？　自分で犯人を見つけて、復讐を遂げたいという気持ちは一切なかったんですか」

「……響が亡くなってからかなり時間が経っているので、きちんと捜査してもらえるか不安でした。それに主人に本当のことを話すのも怖かったです」

「自分が所属している組織を信じられなかったということですか？」

「そういうわけではありませんが……」

「いくらご主人に本当のことを話すのが怖いといっても、警察官が証拠を捏造するというのは、あまりにも軽率に過ぎるように感じますが」

「そう言われても……そのときはそうしようと思ったんです」

「被告人は誰にも知られることなく、ベビーシッターの……いや、加納さんの身元を知りたかったんじゃないですか？」

涼香は黙っている。

「そうする必要があったんじゃないですか？」

さらに彩が畳みかけるが、涼香は言葉を返さない。

涼香を見つめていた彩が溜め息を漏らし、「それでは次の質問に移ります」と言って話を続ける。

「被告人は加納さんと会う約束をした十月九日以降、ご自分のスマホから加納さんのSNSを度々ご覧になっていますよね。それはどうしてですか？」

彩の質問に、涼香がそれまで伏せていた顔を上げた。

「加納さんがどのような生活をしているかが知りたかったからです」

「どうして知りたいんですか？　自分の子供を死なせたと思っている人物の浮かれた私生活の様子など、普通あまり知りたくないと思いますが」

「響の死の真相を知りたいと同時に、今の加納さんがどのような人間なのかも知りたいと思いました。現在の加納さんが以前とは違って思いやりや優しさのあるまともな人間になっているとSNSから感じられれば、多少なりとも今の自分の感情を鎮められるんじゃないかと……」

「今の自分の感情とは？」

「不利になるのを承知で正直に言いますが……怒りや憎しみの感情です」

「加納さんの人間性を知りたいというなら、どうしてもっと早くSNSを見なかったんですか？　十月九日以前はご覧になっていないでしょう」

「加納さんと実際にふたりで会わなければならないことになって……それからいろいろなことを考え始めました。どうやったら加納さんを許せる気持ちになれるだろうか……とか、そういったことを……」

「ちなみに事件の一週間前のSNSには、客からもらったという酒瓶をローテーブルに置いた写真を投稿していますが、これはご覧になりましたか？」

「記憶にはあります。ただ、それでどうこうしようとは考えていませんでした」

「先ほど武道の心得があると言っていましたが、ちなみに何をされているんですか？」

「柔道です」

「どれぐらいの腕前ですか？」

「四段です」

「お強いですね。身長と体重はどれぐらいですか」

ふいに事件と関係のない質問をされたせいか、涼香が彩のほうを見て首をひねる。

「ちなみに私の身長は百六十センチで、体重は五十三キロです」

「身長は百六十三センチで体重は……今はわかりませんが、事件の頃は五十七キロぐらいでした」

「ちなみに加納さんの身長は百七十センチで体重は五十五キロだったそうです。柔道で四段のあなたでも、加納さんを払いのけることはできませんでしたか？」

「目の前にナイフを突きつけられてなくて、なおかつパニックになっていなければ、そうできていたかもしれません」

「なるほど。次の質問になりますが、二〇一八年の十月九日に、ホストクラブが入っているビルの外まで加納さんが被告人を見送りにきたんですよね？」

「そうです」

「そのとき加納さんが被告人に言ったのは『ふたりだけで大切な話がしたいから、今度の非番のときに部屋に来てよ』ということだけでしたか？」

「ええ。あとは待ち合わせの日時と場所を決める会話でした」

「他に何か言っていませんでしたか？」

「いえ」涼香が首を横に振る。

「例えば、被告人が証拠を捏造したのを知っていると匂わせるようなことや、とりあえず二十万円を持ってこいということなど」

「ありません」

「そうですか……加納さんが亡くなったのを確認してから最初に部屋を出るまで、どれぐらいの時間がありましたか？」

彩の質問に、涼香が思い出すように頭を巡らせて口を開く。

「おそらく十分ぐらいだったんじゃないかと……」

「先ほど被告人は、自身が証拠を捏造したことと、加納さんが最後に口走ったお母さんへの言葉を隠すために、性的暴行を受けそうになって抵抗したように偽装したと話しましたよね」

「ええ」

「加納さんが亡くなったと知って頭の中が真っ白になり、しばらく何も考えられなかったとも言っていましたが……わずか十分ほどの間にそんな筋書きを思いつかれるとは、あなたはずいぶんと冷静というか、頭の回転が速いんですね」

涼香は何も言えないまま、正面に目を向けている。

「もともとその筋書きを頭の中で想定していたのではないですか？」

「違います……加納さんが亡くなったのがわかってから、どうすればいいかと必死に考えて、それで……」涼香が言葉を詰まらせる。

「検察官からは以上です」涼香から裁判長に顔を向けて彩が言って席に座った。

「弁護人からは何かありますか？」

裁判長に訊かれ、「ありません」と凜子は答えた。

両隣に座った裁判官や裁判員に目を向けて「何か訊きたいことはありますか」と裁判長が訊くと、ためらいがちに「あの……」と女性が手を挙げた。五十歳前後に思える女性の裁判員だ。

「では、四番の裁判員のかた、どうぞ」

裁判長が促すと、女性が目の前にあるマイクに顔を近づけた。

「……私には二十二歳の息子がおります。だから、被害者のお母さんのお気持ちも、被告人がお子さんを亡くしたときの気持ちもとても他人事には思えません。だから思うのですが……」

涼香は真っすぐに女性裁判員のほうを見つめている。

「被告人は……息子が亡くなる前に自分を殺そうと錯乱していたと知ったら、母親はどのような苦しみに苛まれるだろうかと考えて、それを隠すために性的暴行を受けたように偽装したとお話しされていましたよね？」

「はい」女性裁判員を見つめながら涼香が答える。

「でも、母親である私からすると、もちろん息子が自分を殺そうと錯乱して誰かを殺そうとしたと知ったらショックでしょうけど、息子が誰かに性的暴行を加えようとして死んだとしても大変なショックを受けます。どちらのショックが大きいかは一概に言えないかもしれませんが……もっと他に選択肢はなかったのかと思いますし……そのような偽装をすることに、罪悪感や葛藤はありましたか？」

女性裁判員の話を聞いて涼香がはっとした表情になり、辛そうに口もとを歪めて顔を伏せる。

「……正直なところ、今までそのことに思いを向けたことはありませんでした。いきなりの出来事に動揺していて、早くこの状況を何とかしなければならないという焦りばかりで、そうすることしか思いつきませんでした。浅はかでした……どちらにせよ、加納さんのご家族を自分は苦しめたのだと……」

女性裁判員が涼香を見ながら頷き、「私からの質問は以上です」とマイクから顔を離した。

「他にありますか？」と裁判長がさらにまわりに訊いたが他に質問はなく、「被告人はもとの席に着いてください」と告げる。

凛子はこちらに戻ってくる涼香に目を向けた。

全身を小刻みに震わせて蒼白な顔の涼香が隣に座り、大きな溜め息を漏らしてうなだれる。

「以上で証拠調べ手続は終了ということで、双方よろしいですね。このまま論告に移りたいところですが、新しい証拠を採用したことですし、検察官が再度主張を整理したいということでしたら一旦休廷にしますが。いかがでしょうか？」裁判長が検察官席を向いて訊く。

「検察官としてはこれまでの主張を変えるには至りませんので、結構です」苦虫を嚙み潰したような顔で桧室が返す。

「それではお願いします」

裁判長の言葉に、検察官席の桧室が立ち上がった。

「まず、先ほど証拠として採用された音声について申し述べておきたいのですが……被告人や被害者の声との同一性が不明であり、また録音された情報がたしかであるという担保もまるでないので、検察官としてはあの音声が事実に基づいたふたりのやり取りであるとは、到底承認することはできません」

桧室の硬い声音が耳に響く。

「……被告人は警察官という職にありながら犯罪に手を染めました。しかもそれは証拠書類の偽造という職務そのものに関する犯罪で、被害者である加納さんはそのことによって冤罪で有罪判決を受け、甚大な精神的苦痛を与えられるとともに社会的な信頼も大きく貶《おとし》められました。被告人が行ったこの行為は、国民の警察への信頼を大きく失墜させるものであり、極めて悪質だと言わざるを得ません。この行為に及んだ理由は息子の死の真相を知りたいという個人的かつ身勝手なもので、罪は認めているものの、それは別の事件の被疑者になったことが端緒であり、殊更に評価するべきものではありません」

桧室の言葉を聞きながら、凜子は隣に目を向けた。涼香は目を閉じて聞き入っているようだ。

「……殺人に関してですが、犯行の直前の様子などから被告人が殺害の意図を持っていたことはあきらかで、これに反する被告人の供述は信用できないものです。そもそも供述を二転三転させる被告人の言葉は信頼するに値せず、真摯に事件に向き合っているとはとても言えません。警察官という職にありながら殺人を犯すなど言語道断で、殺害方法も鈍器で被害者の頭部を一撃で仕留めていることから、相当強い殺意を持って犯行に及んだことが窺えます。被告人は凶器となった鈍器の存在を最初から認識しており、犯行は突発的なものではなく計画的なもので、さらに犯行後には被害者から性的暴行を受けたように偽装するなど悪質極まりないものだと断じざるを得ません。殺害の動機は息子の敵討ちというものですが、私怨を晴らすことは日本では禁じられており、これを許したり、減刑の理由にすることは、敵討ちを事実上容認することにも繋がります。被告人は正当防衛を主張していますが、不合理な弁解を繰り返し、その主張は信頼できるものではなく、また尊い命を奪っておきながら謝罪の意思も示さず、真摯に反省しているとは言えません」

おそらく相当練り込んだであろう長い論告がしばらく続き、最後に桧室がひと呼吸おいてようやく求刑を告げた。

「……以上の諸事情に加え、被告人に前科がないことなど、斟酌《しんしゃく》すべき事情を考慮し、相当法条を適用の上、被告人を懲役十六年に処するのを相当と思料いたします」

論告を終えて桧室が席に座った。

「それでは弁護人、最終弁論を」

裁判長の声に、西が立ち上がった。ちらっとこちらを見てから裁判官や裁判員のほうに視線を向ける。

「先ほど垂水さんは弁護人から、この場にいる自身についてどう思うかと問われ、すべては自分が蒔いてしまった種だと思いますと答えました。弁護人もその言葉に強く同調します。少なくとも息子さんを亡くした後の選択をひとつでも違ったものにしていれば、今回の悲劇は起こらなかったのではないかと……ただ、そうせざるを得ないほど、垂水さんの思いは切実なものでした。自分のお腹を痛めて産んだ大切な我が子が、どうして三歳にして亡くならなければならなかったのか。母親として何としてでもその理由を知らなければならないという切実な思いです」

西の弁論を聞きながら凜子は目を閉じた。

「その切実な思いのために、長年警察官として同僚や接してきた人たちから厚い信頼を受けてきた垂水さんは過ちを犯しました。そのことによる罰は甘んじて受けなければならないだろうと弁護人も思っています。ただ、殺人に関しては、先ほどの音声で聞いたふたりのやり取りが示している通り、やむを得ない事情によって起こってしまった悲劇で、垂水さんが故意に起こしたものではありません。垂水さんは加納さんと会う際に白いブラウスを着ていました。殺害を計画していたのであれば、飛び散った血痕などが付着するのを考えてそのような服は選ばないでしょう。また持っていたものも小さなハンドバッグひとつで、着替えなども用意していたとは考えられません。そもそも加納さんの殺害を計画していたのであれば、その様子をボイスレコーダーで録音しようという発想にはなりません。垂水さんによってあの音声が録音されたという時点で、加納さんを殺害する意思がまったくなかったという裏付けになるでしょう。また垂水さんが供述を二転三転させたのは自身の保身のためではなく、あくまでも葉山さんや加納さんのお母さんを思ってのことであり、この真実を公にするまでにも本人の中で強い葛藤がありました。垂水さんは最後の最後まであの音声を証拠とするのを拒んでいました。大切な子供を失った母親として、同じように子供を失った加納さんのお母さんをこれ以上苦しめたくないと、自身が殺人で有罪になることさえ厭わなかったのです」

凜子は目を開けて、西を見た。裁判官や裁判員に訴えかける西の強い眼差しを見つめる。

「それは、自分が引き起こしてしまった悲劇を反省していない人間には決してできないことだと、私は思います。垂水さんが証拠捏造という過ちを犯してしまったのは紛れもない事実です。ただ、母親として切実な思いに駆られていた彼女の心情を少しでも汲んでいただきたいと切に願います。――以上から、殺人については無罪、そして虚偽公文書作成については、執行猶予付き判決とするのが相当と思料いたします。弁護人からは以上です」

西が最後に裁判官や裁判員に向けて一礼して席に座った。

「被告人は証言台に来てください」

裁判長の言葉に涼香が立ち上がり、証言台に向かう。

「これで事件に関する審理は終了します。次回は判決公判ですが、最後に何か言いたいことはありますか？」

裁判長に向けて「はい」と涼香が頷く。

「では、どうぞ」

「私は……自分がしたことで多くの人を苦しめたのを自覚しています。息子である響に対して、死なせてしまった加納さんに対して、加納さんのご家族に対して、私の家族に対して……どのような審判が下されるかわかりませんが、いずれにしてもそれが天国にいる響からの自分へのメッセージだと思って受け止めることにします。私はこの法廷で真実を話しました。これ以上の真実はありません。ですので、どんな判決が下されても私は控訴をしません」涼香が裁判長に向けて頭を下げる。

「以上ですか？」

裁判長に訊かれ、涼香が「はい」と答える。

「では、もとの席に着いてください」

凜子の隣の席に涼香が戻ると、裁判長が判決公判の日時を告げ、「それでは本日はこれで閉廷します」と言って立ち上がる。

裁判官や裁判員が法廷から出ていき、傍聴人が次々と立ち上がってドアに向かう。

その中で座ったままでいる男性と目が合った。

埼玉県警捜査一課の日向だが、どうやら自分でも涼香でもなく西に視線を送っているようだ。

その眼差しに悔しさは窺えず、むしろ西を称えているようにさえ感じられた。

刑務官に手錠と腰縄をされた涼香が立ち上がるのと同時に、傍聴席の日向も席を立って法廷から出ていく。

「もう俺たちにやれることはないな」

その声に、凜子は隣の西に目を向けた。

西は刑務官に挟まれて法廷を出ていく涼香の背中を見つめている。

「……そうですね」

「この後、どっか飲みに行かないか？」こちらに顔を向けて西が言った。

重厚なドアを押し開けた西に続いて店内に入ると、立派な一枚板のカウンターの中にいたバーテンダーが「いらっしゃいませ」と声をかけてきた。

凜子は西と並んでカウンター席に座った。

「西さんが女性と一緒なんて初めてですね」コースターをふたりの目の前に置きながらバーテンダーが言う。

「女性じゃなく同僚だ」

西の返答に、バーテンダーとともに凜子は苦笑を漏らした。

「何にしますか？」と訊かれ、「俺はグレンフィディックのロック」と西が言う。

「じゃあ、私はモスコミュールをお願いします」

目の前にドリンクが置かれ、凜子はグラスを持った。西のグラスと軽く合わせて口をつける。

会話のないまま正面に置かれた色とりどりのボトルを見つめながら、涼香の弁護を引き受けてからの日々を思い返した。

自分にとって初めての殺人事件の弁護だった。

凜子は西に目を向けた。西はぼんやりと煙草をくゆらせている。

「ありがとうございました」

西がこちらに顔を向けて首をひねる。

自分が気づきようのなかった真実を導き出したのは西だ。自分ひとりで弁護していたら、涼香の供述をひたすら信じて寄り添おうとするあまり、多くのことを見誤っていただろう。

「垂水さんの弁護を引き受けてくださって」

「ああ……」

「最初は嫌そうだったのに」

「俺が弁護を引き受けた理由は、彼女が何か重大なことを隠してると感じたからだ。それが何かわかるまでは弁護人として動こうと思った」

わかるまでは——という言葉が引っかかった。

「もし……垂水さんが実際に殺意を持っていたとわかっていたら、どうしていたんですか？」

「わからない……」西が呟いてグラスに口をつける。

バーテンダーが近づいてきて持っていたボトルを西の目の前に置いた。ウイスキーのようだが中身はわずかしかない。

「さっき日向さんから電話があって、これは西さんが飲んでいいと」

バーテンダーが言った名前を聞いて、ボトルから西に視線を向ける。

「日向さんってもしかして、捜査一課の？」

「そうだ」

「何なんですか、このボトルは？」

あらためてボトルに目を向けた。よく見るとラベルに黒いマジックで『ニシ』と『ヒナタ』と書いてある。

「昔々、俺とあいつで金を出し合って入れたボトルだ。最後の一杯をどちらが飲むかは、公判の結果次第でどうだと言われた」

「それって……裁判で勝ったほうがこれを飲むということですか？」

「そういうことだろうな」

判決が出る前に、捜査を担当した日向自身が負けを認めたということか。

「グレンフィディックのロックをおかわり」西がそう言ってバーテンダーにグラスを差し出す。

「飲まないんですか？」凜子は西の目の前にあるボトルを指さした。

「それを飲む資格は俺にはまだない。もし、自分の問題にケリがついたら、そのときに飲むさ」

自分の問題にケリがついたら——その言葉の意味を察した。

以前、西は犯罪者を許すことができない自分が弁護人を続けていくべきなのか、その資格があるかどうか悩んでいると話していた。

「……ひとつ、酷い質問をしていいか？」

西に言われて、「何ですか？」と凜子は訊いた。

「もし、お母さんが殺されたら、おまえはその犯人を弁護できるか？」

その言葉が胸に突き刺さる。

「もし、お父さんが生きていたら、お父さんもおまえやお母さんを傷つけた犯人にも、自分がやっていたことと同じような弁護を求めただろうか」

残酷な質問だった。

「すまない。変なことを訊いて」気まずそうに西が視線をそらした。

「いえ……」

わからない。ただ……

「父は以前こんなことを言っていました。被疑者や被告人には弁護人以外に誰も味方はいない、と。罪を犯すまでに追い詰められた人のほとんどは、信頼を寄せられる家族や知人はいない。彼ら彼女らの話を聞いてあげられるのは弁護人しかいないのだと」

「誰かがやらなければいけないから。それが私というだけだ……か」

凜子は頷いた。

「……父はこんなことも言っていました。検察官は罪を犯した者を追及し、裁判官や裁判員は審理して判決を言い渡します。ただ、罪を犯した者に自分がやってしまったことを深く考えさせ、事件と向き合わせ、二度とこのような過ちを起こさないように諭せるのは、被疑者や被告人の言葉に必死になって耳を傾けた、最も身近にいる弁護人だけではないだろうか、と。たとえ身内や知り合いが犠牲になったとしても……誰ひとりやる人間がいないなら、私はそれをやりたいと思います」

実際にそのような状況になって、そうできるかはわからない。いや、きっと難しいだろう。

ただ、父が抱いていた信念を、それを引き継ごうとする自分の意志を、今ここで簡単に折りたくはなかった。

44

こちらに向かって父が微笑みかけてくる。

この後、初めて担当した殺人事件の判決公判がある。父は重大事件の弁護を数多く担当していたが、いつもどのような思いで判決に臨んでいたのだろう。

スマホの写真を見つめているうちに、二週間前にした西との会話がよみがえってくる。

もし、凜子を含めて家族の誰かが犠牲になっても、父はその犯人に対しても自分の信念を貫いただろうか。

それとともに知りたかったのは、弁護した男が起こした事件の被害者の母である高嶋千里に刺されて息絶えるまでの間、父がどんなことを思っていただろうかということだ。

そのとき父は、弁護人という自分の仕事を後悔しただろうか。それとも自分自身が犠牲になってもなお、犯罪者に寄り添いたいと願っていただろうか。

わからない。

ただ、父ならきっと――

電車のアナウンスが聞こえ、凜子はスマホをバッグにしまって座席を立った。電車を降りて浦和駅の改札を抜けると、裁判所に向かった。

裁判所の前にはカメラやマイクを持った大勢のマスコミが集まっていた。その中を進んで建物に入る。ロビーのベンチに座っている輝久と晴恵に目を留めて近づいていくと、ふたりがこちらに気づいて立ち上がった。

「私たちは涼香が解放されて出てくるのを信じて、このあたりで待っていることにします」

輝久の言葉に、「わかりました」と凜子は頷き、四〇三号法廷に向かった。

法廷に入ると弁護人席にすでに西の姿があった。凜子は柵を越えて西の隣に座った。検察官のふたりと傍聴人が席に着いたところで、ふたりの刑務官に挟まれた涼香が入廷した。緊張した面持ちで凜子の隣に座り、手錠と腰縄が外される。

「ご起立ください――」

裁判所事務官の声に、凜子は立ち上がった。

裁判官と裁判員と補充裁判員が法廷に入り、一礼して席に座る。

「それでは開廷します。これから判決文を読み上げますので、被告人は証言台に来てください」

弾かれたように立ち上がって証言台に向かう涼香を、凛子は固唾《かたず》を呑んで見守る。

最後の人定質問を終え、裁判長が口を開いた。

「主文、被告人を懲役二年に処する。この裁判確定の日から四年間その刑の執行を猶予する。本件公訴事実第二記載の殺人については、無罪」

凛子は西と顔を見合わせた。

続けて裁判長が判決理由を朗読する。自分たちが主張したことが概ね認められていた。

「……以上が判決ですが、私から一言言わせてください。今回の公判であなたの殺人という罪の疑いは晴れましたが、被告人質問でも最終弁論でも弁護人が言っていたように、あなたの行いによってたくさんの人が苦しい思いをしたことに変わりはありません。どうかそのことを胸に刻みながらこれからの人生を歩んでください。わかりましたか?」

「はい……」涼香が呟くように言って頭を下げる。

「それではもとの席に戻ってください」

涼香がもう一度頭を下げてこちらに向かってくる。だが、ふいに視界が涙でかすんで彼女がどんな表情をしているのかがわからない。涼香が隣に座り、「よかったですね」と凜子は彼女の肩に手を添えた。

「それでは閉廷します」

その声に、凜子は袖口で涙を拭って立ち上がった。検察官席に立つ彩と目が合った。こちらを見つめながら二回小さく手を叩くと、隣の桧室を置いて柵の外に出ていく。書類を風呂敷に包んだ桧室が立ち上がってこちらに向かってくる。自分の正面に立たれて戸惑う。

「お父様とは何度かやり合った仲です。きっと喜ばれているでしょう」

桧室の言葉に胸が熱くなる。

軽く会釈をして桧室がその場から離れると、凜子は涼香に目を向けた。

「私たちも行きましょう。ご主人とお母さんが待っています」

西と涼香と三人で法廷を出てエレベーターに向かう。一階に行ったが輝久と晴恵はいない。

「外にいらっしゃるのかもしれません」

凜子は涼香を促して、西とともに出口に向かった。

建物から出ると、少し離れたところに立っている輝久と晴恵を見つけた。その奥の敷地の外に待機していたマスコミから発せられたざわめきが、こちらまで聞こえてくる。

　輝久が自分たちに気づいたようで、隣にいる晴恵の肩を叩く。すぐに晴恵が両手で顔を覆ってその場にうずくまる。輝久も袖口で目もとを拭うと、しゃがみ込んで晴恵に声をかけているようだ。

「行ってあげてください」

　涼香がふたりのほうに向かって歩き出した。すぐに足を止めて振り返る。

「持月先生、西先生、今まで本当にありがとうございました」涼香が深々と頭を下げる。

「よかったですね。判決の理由を聞くかぎり、検察が控訴する可能性はほぼないでしょう。執行猶予とはいえ、あなたはもう自由の身です。これからおふたりとの失われた時間を取り戻してください」

　凜子が言うと、こちらを見つめる涼香の眼差しが陰《かげ》った。

「私は自由にはなれません」

　その言葉の意味がわからず、西と目を合わせた。

「刑務所に入らなくても、私の心は檻《おり》の中にいます。そう生きていきます」

「どういうことですか？」涼香に視線を戻して西が訊く。

「正当防衛で加納さんを死なせたのは事実です。ただ……加納さんの死を確認した後、私は心の中で『地獄に落ちろ』と思ってしまいました」

胸に鈍い痛みが走った。

「私は無罪ではあっても無実ではないんです」

そう言ってもう一度頭を下げると、こちらに背を向けて歩き出した。

「垂水さん――」

思わず凜子が呼びかけると、涼香がふたたびこちらを向いた。虚ろな眼差しの彼女と見つめ合う。

「いえ……何でもありません。どうかお元気で」

涼香が会釈して輝久と晴恵のもとに向かっていく。

刑務所に入らなくても、私の心は檻の中にいます――

いつかそこから自由になる日を願っている。だけど、それは自分の仕事ではないだろう。

凜子は涼香の背中から、その先にいる輝久と晴恵に視線を移した。

「ふざけんじゃないわよッ！」

ふいに女性の叫び声が聞こえたのと同時に、西に突き飛ばされてよろめいた。西が涼香に向かって駆け出していく。わけがわからず、あたりを見回した。呆然と立ちすくんだ涼香の右側から猛然と女性が迫ってくるのが見える。加納の母親だ。手に刃物のようなものを握り締めているのがわかった。

「あんたが怜治を殺したくせに！　何でなのよッ！」

加納の母親が涼香に斬りかかる寸前に西が突進して、ふたりがもつれ合いながら地面に倒れる。加納の母親は奇声を発して刃物を握った手を振り回そうとしているが、彼女の手首をつかんで西が懸命になって押さえ込む。

その光景を見つめながら心臓が爆ぜそうになり、身体が動かない。

自分は目にしていないが、父が刺し殺されたときのことが脳裏を駆け巡る。

騒ぎを聞きつけたのか建物からふたりの警備員が出てきて、地面に倒れたふたりのもとに向かう。警備員のひとりが加納の母親の手から刃物を奪い、ふたりがかりで西から引き離して立ち上がらせる。屈強なふたりの警備員に押さえつけられた加納の母親は涼香に罵声を浴びせかけ、なおも向かっていこうとする。

ようやく正気に戻り、凜子は慌てて西のもとに駆け寄った。地面に倒れたままの西は左手で右腕を押さえている。押さえた左手から血があふれている。

「西さん!?」

驚いてしゃがみ込むと、西がこちらに目を向けて「大丈夫だ」と言う。

背広を着た男性が四人現れて、その中のひとりが警備員に拘束されている加納の母親に手錠をかけた。おそらくすぐ近くにある県警本部から駆けつけてきた刑事だろう。

複数のサイレンの音が聞こえてきた。背広の男性がひとりこちらにやってきて、「大丈夫ですか？」と西に問いかける。

「大丈夫です」西が右腕を手で押さえながらよろよろと立ち上がった。

凜子は涼香の様子を窺った。輝久と晴恵に寄り添われながら、憐憫のような眼差しで加納の母親を見つめ、小刻みに口もとを動かしている。

恐怖で口もとを戦慄かせているのかと思ったが、何か言葉を発しているようだ。はっきりと聞き取れなかったが、「ごめんなさい」と繰り返しているように思えた。

やってきたパトカーの後部座席に加納の母親が押し込まれる様子や、彼女を乗せて車が走り去っていくまでを、涼香はずっと目で追っていた。

駆けつけた隊員に促されて、西が救急車に乗り込んだ。同乗しようとすると、「おまえは来なくていい」と西に拒絶された。

「どうしてですか？」

「まだ仕事は終わってないみたいだからな」

意味がわからず、西を見つめながら首をひねった。

「依頼人の贖罪の思いを被害者のご遺族に伝える橋渡しをするのも、刑事弁護人の大切な役割のひとつだろう」

西の言葉を聞いて、はっとする。

凜子は振り返り、輝久と晴恵に寄り添われるようにして立ちすくむ涼香を見た。

正当防衛が認められたとはいえ、涼香が加納を死なせたのは紛れもない事実だ。

彼女の中にはきっと抑えようのない罪悪感と、加納の母親に対する贖罪の思いがあるにちがいないと、先ほどの様子を見て感じた。

涼香の思いを伝えようとしても、加納の母親が望むかはわからない。それ以前に、息子を死なせた涼香の弁護をしていた自分の言葉など、きっと受け入れようとはしないはずだ。

ただ、それでも……何とかして憎しみの連鎖を止めたい。

それこそが涼香の心を檻から解き放つことにつながるのではないか。

凜子は西に向き直った。しばらく西と見つめ合う。

「わかりました。どうすればそうできるかこれから必死に考えます」

西がこちらに微笑みかけ、救急車のドアが閉じられた。

頑張れよ——

心の中でそう言ってくれているように思いながら、凜子は走り去っていく救急車をしばらく見つめた。

執筆にあたり、弁護士の國松崇先生、永野貴行先生、牧野忠先生、村瀬拓男先生、山本衛先生にお話をうかがいました。心から御礼申し上げます。

司法監修　國松崇（弁護士／池田・國松法律事務所）

# 解説

五十嵐律人（作家）

法学部生の頃に、加害者家族の視点から少年犯罪を描いた『Aではない君と』を読んで強烈な衝撃を受け、そこから薬丸作品にのめり込んでいった。

加害者、被害者、それぞれの家族、捜査機関……。作品ごとに焦点が当てられる人物は異なるが、犯罪のままならなさや登場人物のリアルな息遣いは共通していて、新刊が出る度に〝読まなければならない〟という使命感を一方的に抱いてきた。

そんな私が、『刑事弁護人』という本作のタイトルを知り、どれほど期待に胸を膨《ふく》らませたのかは多言を要しないだろう。

弁護士として、リーガルミステリーの書き手として、そして何より一人の読者として、この物語を読み進めながら、深い感動と興奮を覚えた。

それぞれの立場から、推しポイントを挙げていきたい。

まずは、実務家顔負けの圧倒的な取材量である。

初回接見の優先順位、被疑者ノートの差し入れ、勾留理由開示請求といった、他のリーガル作品ではほとんど触れられたことがないであろうマイナーな手続が、その重要性も含めてわかりやすく説明されている。

　これは私の持論だが、刑事手続は細部にこそ本質が宿っている。被疑者や被告人の人権に配慮しながら実体的真実を希求するために、一つ一つのルールが定められているからだ。

　一方、弁護活動のビターな現実もしっかり描かれている。勾留状の交付を受けなければ、事件現場の正確な住所もわからない。起訴後に証拠開示が行われるまで、被疑者が取り調べでどのような供述をしているのかもわからない……、といった具合に。

　そういった弁護人の苦悩や葛藤《かっとう》が鏤《ちりば》められているからこそ、真相が浮かび上がっていく過程の驚きやカタルシスを存分に味わうことができた。

　また本作は、刑事弁護における永遠のテーマである〝弁護人の使命〟にも、しっかりと正面から向き合っている。

　残忍な凶悪犯にも、弁護は必要なのか――。

　これは単行本の帯に書かれていた文章だが、刑事弁護に携わる弁護士ならば、一度は同じような問いを向けられたことがあるはずだ。

　本当に〝凶悪犯〟であるのか否かは、判決が確定するまでわからない。だからこそ、弁護人が最後まで寄り添って、法廷で真実を明らかにする必要がある……。これがいわゆる教科書的な説明だが、万人を納得させることはできないだろう。

本作では、その本質に切り込む考え方が終盤で提示されている。

西《にし》や凜子《りんこ》が、殺人犯として逮捕された涼香《すずか》の弁護活動に全力を尽くし、真相にたどり着いた末に導き出した一つの結論。ここで注目すべきは、弁護人としてではなく、一人の人間としての犯罪との向き合い方である。

彼らは共に、大切な人の命を理不尽な犯罪によって奪われている。つまり、〝凶悪犯〟に対して特別な想いを抱いていることが明らかなのだ。

それにもかかわらず、なぜ刑事弁護人で在り続けるのか。その信念に心が揺り動かされた。


先ほど私は、「刑事手続は細部にこそ本質が宿っている」と持論を述べた。一方、これらの緻密《ちみつ》なルールは、リーガルミステリーの書き手を悩ませる厄介な制約にもなりうる。

その一つが、本作でも描かれている公判前整理手続だ。

公判期日を開く前段階として、事件の争点を明確にしたり証拠を厳選したりするための手続で、検察官や弁護人はその中で主張の概要を明らかにすることを求められる。つまり、裁判に向けて切り札を隠し持つことは基本的に許されないのだ。

ミステリーにおいて、意外な展開やどんでん返しは必須の要素と言っても過言ではない。

想定外を排除する公判前整理手続とミステリーの相性は、非常に悪い。それなのに、殺人事件では公判前整理手続の実施がほぼ義務付けられている。

これを私は、〝公判前のジレンマ〟と勝手に呼んでいる。

一つの解決策はルールを無視してしまうことだ。フィクションである以上、一定の嘘は許容されるし、その匙加減《さじかげん》は作者に委《ゆだ》ねられている。

ただし、これも既に述べたことだが、刑事訴訟法や刑事訴訟規則の多くは被疑者や被告人の人権を守るために存在している。リーガルを扱いながら、ルールを捻《ね》じ曲げてもいいのか。その点は一考の余地があるだろう。

本作は〝公判前のジレンマ〟をどのように乗り越えているのか？

答えはシンプルだ。ルールを守り切った上で、切り札もどんでん返しも準備している——。理想的な解決策であり、法律を熟知している読者ほど、その手腕に舌を巻くはずだ。

物語の構成についても、ここで簡単に触れておきたい。

リーガルミステリーの醍醐味《だいごみ》は、法廷シーンにあると考えている読者も多いのではないだろうか。本作でも、登場人物の駆け引きを通じて、証人尋問や被告人質問で真相が明らかになるスリリングさを堪能できる。

見せ場となる法廷シーンの盛り上がりを保証した上で、さらに特筆したいのは裁判に至るまでの面白さだ。

冒頭の数十ページで、殺人事件の被疑者は既に逮捕されていて、被害者の命を奪ったこと自体は争っていないことが明らかになる。

つまり、犯人探しの大部分が終了した時点から、物語がスタートするのだ。それにもかかわらず、本作は謎解き小説としても存分に楽しめる。

被疑者の供述、関係者の証言、当事者の過去……。新事実が明らかになるに従って、当事者の本性も暴かれていく。誰が、何のために、真相を偽っているのか。罪の終着点はどこにあるのか。犯人探しとは異なる〝内心〟の謎解きの魅力が詰め込まれている。

サスペンスドラマのクライマックスが崖《がけ》の上で繰り広げられるのと同じように、弁護人は法廷で真実を明らかにすることを求められる。決定的な証人を見つけ出しても、証言台に立たせることができなければ意味がないのだ。

物語の終盤、辛い過去を抱えた人物が証言台に立ち、弁護人と検察官が立場を超えて同じ言葉を投げかける——。私がもっとも感動したシーンである。

罪と罰のうち、罰まで描き切るのがリーガルミステリーの役割なのかもしれない。

薬丸さんと対談した際に、そのような話題が出たことを覚えている。犯人が誰か明らかになっても、罰が自動的に決まるわけではない。犯行態様、動機、被害者や遺族の想い、罪との向き合い方。多くの要素を総合的に勘案して、裁判官は宣告刑を決定する。

そのための判断材料を法廷で提示するのが、検察官や弁護人の役割だ。刑事手続は、適切な刑罰を確定するためのプロセスでもある。

本作では、弁護人と捜査機関の双方の立場から、一つの事件の洞察を深めることができる。真相が浮かび上がったとき、ページを捲《めく》る手が一度止まった。

どこまでもリアルで、絶望に想いを馳《は》せてしまう。上下巻にわたって登場人物の内心を追いかけてきたからこそ、この境地にたどり着くことができたのだろう。

対談の中で薬丸さんは、「判決が宣告された後も、彼らの人生は続いている」という趣旨の発言をしていた。本作を読み終えた人であれば、その意味がわかるのではないだろうか。

西の決断、凛子の成長、涼香の償い。彼らの行く末を見届けたい。そう思わされるほど、魅力的なキャラクターばかりが登場する物語だった。

本作はまさに、罪と罰の集大成と呼ぶべきリーガルミステリーの傑作である。

SNSの普及によって被害者の声が以前よりも届きやすくなり、法的な手続を経ずとも加害者とみなされた者を〝私刑〟で処罰できる時代が訪れた。

そんな現代において、裁判はどのような役割を果たせるのか。刑事弁護人の矜持《きょうじ》はどこにあるのか。償いとは何を意味するのか。

フィクションとノンフィクション。双方の立場から司法に携わる者として、本作が一人でも多くの手にわたることを切に願っている。

本書は新潮社より二〇二一年三月に刊行されました。

|著者| 薬丸 岳　1969年兵庫県生まれ。2005年に『天使のナイフ』で第51回江戸川乱歩賞を受賞しデビュー。'16年に『Aではない君と』で第37回吉川英治文学新人賞を、'17年に短編「黄昏」で第70回日本推理作家協会賞〈短編部門〉を受賞。『友罪』『Aではない君と』『悪党』『死命』など作品が次々と映像化され、韓国で『誓約』が35万部を超えるヒットとなる。他の著作に『刑事のまなざし』『その鏡は嘘をつく』『刑事の約束』『刑事の怒り』と続く「刑事・夏目信人」シリーズ、『ブレイクニュース』『罪の境界』『最後の祈り』『籠《かご》の中のふたり』などがある。


刑事弁護人《けいじべんごにん》(下)

薬丸《やくまる》 岳《がく》



2025年3月14日第1刷発行

発行者——篠木和久
発行所——株式会社　講談社
東京都文京区音羽2-12-21　〒112-8001
電話 出版 (03) 5395-3510
　　 販売 (03) 5395-5817
　　 業務 (03) 5395-3615

Printed in Japan

講談社文庫
定価はカバーに
表示してあります

KODANSHA

デザイン—菊地信義
本文データ制作—講談社デジタル製作
印刷———大日本印刷株式会社
製本———大日本印刷株式会社



ISBN978-4-06-538168-7

# 講談社文庫刊行の辞

二十一世紀の到来を目睫に望みながら、われわれはいま、人類史上かつて例を見ない巨大な転換期をむかえようとしている。

世界も、日本も、激動の予兆に対する期待とおののきを内に蔵して、未知の時代に歩み入ろうとしている。このときにあたり、創業の人野間清治の「ナショナル・エデュケイター」への志を現代に甦らせようと意図して、われわれはここに古今の文芸作品はいうまでもなく、ひろく人文・社会・自然の諸科学から東西の名著を網羅する、新しい綜合文庫の発刊を決意した。

激動の転換期はまた断絶の時代である。われわれは戦後二十五年間の出版文化のありかたへの深い反省をこめて、この断絶の時代にあえて人間的な持続を求めようとする。いたずらに浮薄な商業主義のあだ花を追い求めることなく、長期にわたって良書に生命をあたえようとつとめるところにしか、今後の出版文化の真の繁栄はあり得ないと信じるからである。

同時にわれわれはこの綜合文庫の刊行を通じて、人文・社会・自然の諸科学が、結局人間の学にほかならないことを立証しようと願っている。かつて知識とは、「汝自身を知る」ことにつきていた。現代社会の瑣末な情報の氾濫のなかから、力強い知識の源泉を掘り起し、技術文明のただなかに、生きた人間の姿を復活させること。それこそわれわれの切なる希求である。

われわれは権威に盲従せず、俗流に媚びることなく、渾然一体となって日本の「草の根」をかたちづくる若く新しい世代の人々に、心をこめてこの新しい綜合文庫をおくり届けたい。それは知識の泉であるとともに感受性のふるさとであり、もっとも有機的に組織され、社会に開かれた万人のための大学をめざしている。大方の支援と協力を衷心より切望してやまない。

一九七一年七月

野間省一

## 講談社文庫 最新刊

風野真知雄
**魔食 味見方同心(四)**
〈おにぎり寿司は男か女か〉
おにぎりと寿司の中間のような食べ物が大流行。ところが店主が殺され、味見方が担当!

神楽坂 淳
**夫には 殺し屋なのは内緒です 3**
高利貸しを狙う人斬りが出現。それは正義なのか。同心の妻で殺し屋の月《つき》が事件解決へ!

神林長平
**フォマルハウトの三つの燭台《しょくだい》**
〈倭篇《やまとへん》〉
次々に発生する起こりえない事件。日本SF界の巨匠が描く、地続きの未来の真実とは?

講談社タイガ

天花寺《てんげいじ》さやか
**京都あやかし消防士と災いの巫女**
邪神の許嫁《いいなずけ》とあやかし消防士が、お互いの縁を信じて、神に立ち向かう青《ピュア》すぎる純愛譚!

芹沢政信
**鬼皇の秘め若**
双子の兄に成り代わって男装した陰陽師《おんみょうじ》が、鬼の皇子に見出された!? 陰陽ファンタジー開幕!

# 講談社文芸文庫

水上 勉

## わが別辞　導かれた日々

解説=川村 湊　年譜=祖田浩一

小林秀雄、大岡昇平、松本清張、中上健次、吉行淳之介——冥界に旅立った師友への感謝と惜別の情。昭和の文士たちの実像が鮮やかに目に浮かぶ珠玉の追悼文集。

978-4-06-538852-5　みB3

埴谷雄高

## 系譜なき難解さ　小説家と批評家の対話

解説=井口時男　年譜=立石 伯

長年の空白を破って『死霊』五章「夢魔の世界」が発表された一九七五年夏、作者埴谷雄高は吉本隆明と秋山駿、批評家二人と向き合い、根源的な対話三篇を行う。

978-4-06-538444-2　はJ9

山田正紀　大江戸ミッション・インポッシブル〈顔役を消せ〉
山田正紀　大江戸ミッション・インポッシブル〈幽霊船を奪え〉
山田詠美　晩年の子供
山田詠美　A《エイ》2《トウ》Z《ズイ》
山田詠美　珠玉の短編
柳家小三治　ま・く・ら
柳家小三治　もひとつま・く・ら
柳家小三治　バ・イ・ク
山口雅也　落語魅《ミ》捨《ステ》理《リ》全集〈坊主の愉しみ〉
山本一力　深川黄表紙掛取り帖
山本一力　牡丹酒〈深川黄表紙掛取り帖㈡〉
山本一力　ジョン・マン1　波濤編
山本一力　ジョン・マン2　大洋編
山本一力　ジョン・マン3　望郷編
山本一力　ジョン・マン4　青雲編
山本一力　ジョン・マン5　立志編
椰月美智子　十二歳
椰月美智子　しずかな日々
椰月美智子　ガミガミ女とスーダラ男
椰月美智子　恋愛小説
柳広司　キング&クイーン
柳広司　怪談
柳広司　ナイト&シャドウ
柳広司　幻影城市
柳広司　風神雷神(上)(下)
薬丸岳　闇の底
薬丸岳　虚夢
薬丸岳　刑事のまなざし
薬丸岳　逃走
薬丸岳　ハードラック
薬丸岳　その鏡は嘘をつく
薬丸岳　刑事の約束
薬丸岳　Aではない君と
薬丸岳　ガーディアン
薬丸岳　刑事の怒り
薬丸岳　天使のナイフ〈新装版〉
薬丸岳　告解
山崎ナオコーラ　可愛い世の中
矢月秀作　A《ア》C《ク》T《ト》〈警視庁特別潜入捜査班〉
矢月秀作　A《ア》C《ク》T《ト》2　告発者〈警視庁特別潜入捜査班〉
矢月秀作　A《ア》C《ク》T《ト》3　掠奪〈警視庁特別潜入捜査班〉
矢野隆　我が名は秀秋
矢野隆　戦《いくさ》始末
矢野隆　乱
矢野隆　長篠の戦い〈戦百景〉
矢野隆　桶狭間の戦い〈戦百景〉
矢野隆　関ヶ原の戦い〈戦百景〉
矢野隆　川中島の戦い〈戦百景〉
矢野隆　本能寺の変〈戦百景〉
矢野隆　山崎の戦い〈戦百景〉
矢野隆　大坂冬の陣〈戦百景〉
矢野隆　大坂夏の陣〈戦百景〉
山内マリコ　かわいい結婚
山本周五郎　さぶ〈山本周五郎コレクション〉
山本周五郎　白石城死守〈山本周五郎コレクション〉
山本周五郎　完全版 日本婦道記(上)(下)〈山本周五郎コレクション〉
山本周五郎　戦国武士道物語 死《し》處《しょ》〈山本周五郎コレクション〉


2024年12月13日現在